Lars Georg Dovertie

Balneologiska Studier vid Upsala Vattenkuranstalt

Anatiposi

Lars Georg Dovertie

Balneologiska Studier vid Upsala Vattenkuranstalt

Oförändrat nytryck av originalutgåvan från 1865.

1:a upplagan 2023 | ISBN: 978-3-38220-038-1

Anatiposi Verlag är ett imprint av Outlook Verlagsgesellschaft mbH.

Verlag (Förlag): Outlook Verlag GmbH, Zeilweg 44, 60439 Frankfurt, Deutschland
Vertretungsberechtigt (Auktoriserad representant): E. Roepke, Zeilweg 44, 60439 Frankfurt, Deutschland
Druck (Tryckeri): Books on Demand GmbH, In de Tarpen 42, 22848 Norderstedt, Deutschland

BALNEOLOGISKA STUDIER

VID

UPSALA VATTENKURANSTALT.

AF

LARS GEORG DOVERTIE.

FÖRSTA HÄFTET.

~~~~~

UPSALA

EDQUIST & BERGLUND.

1865.

Trenne stora källor, St. Eriks-, Slotts- och Hospitalskällorna, sedan gammalt kända för sitt rena, uppfriskande och kalla vatten, upprinna mellan Fyrisån och den sandås, som i grannskapet af Upsala åtföljer densamma. Det är antagligt, att dessa källors vatten samlar sig från atmosphæren i, å andra sidan åsen belägna, sanka marker, hvilka således tjena Upsalakällorna till reservoir, och sedan sänker sig genom åsens grofva grus till det lerlager, på hvilket åsen hvilar. *Wahlenberg* bestämde under åren 1808—1810 källornas temperatur, och fann den särdeles litet varierande, hvilket ock Prof. *Ångström* genom ytterligare iakttagelser bekräftat. Den lägsta, blott en gång observerade temperaturen var + 6,40° Cels. [1] och den högsta + 6,80°. Båda dessa ytterligheter med en differens af 0,40° kunna anses abnorma. Vanligen är temperaturen i medlet eller slutet af September + 6,73°, sjunker sedan till omkring den första Maj, då den är + 6,50°, och stiger sedan åter till och med September. *E. Hallman* har efter alla observationerna beräknat medeltemperaturen till + 6,65° Cels. *Rudberg* fann jordens medeltemperatur här i Upsala vara vid 3,66 fots djup + 6,61°, vid 5,5 fots djup + 6,66° och vid 9,1 fots djup + 6,71°, och således jordens medeltemperatur från

[1] Alla temperaturbestämningar i detta arbete äro enligt Celsii 100-gradiga thermometer.

1

3,66 till 9,1 fots djup + 6,66°. Jemföra vi der-
med källornas medeltemperatur + 6,65°, så finne vi o-
likheten så obetydlig, att den kan bero på den om-
ständigheten, att thermometrarna vid observationer-
nas slut ej corrigerades. Å andra sidan är jordtem-
peraturen till och med vid 9,1 fots djup i April +
3,86° och i September + 9,96°. Då således jordens
temperatur fluctuerar 6,1°, men vattnets åter blott 0,40°,
så måste vi antaga, att det sednare passerar ett djup
oberoende af de meteorologiska temperaturvexlingarna,
och att vattnets temperaturvexlingar blott bero på in-
verkan af det jordlager, ur hvilket det *närmast* fram-
kommer i dagen.

Rudberg beräknade, att St. Eriks källa gifver
omkring 1800, samt Hospitalskällan 5000 kannor i
minuten. Slottskällan upprensades och öfverbygdes
först på 1830-talet, men gaf ganska litet vatten till
år 1859, då vi läto sänka afloppskanalen och deri-
genom äfven källans vattenniveau, och 25 alnar från
den gamla upptaga en ny under det nuvarande bad-
huset. Båda gifva nu tillsammans 600—1000 kan-
nor i minuten, minst under vintern, mest under den
blida årstiden.

På våren 1859 börjades anläggning vid Slotts-
källan af en vattenkuranstalt, hvilken i medlet af No-
vember samma år var så färdig, att den kunde upp-
låtas för allmänheten. Den begagnades sedan till i
April 1861, då en eldsvåda utbröt, hvarvid vinds-
våningen uppbrann och de båda andra våningarna så
genomdränktes med vatten, att de måste nyinredas.
Den öppnades åter i Juni samma år, och har sedan
oafbrutet varit begagnad. Under våren 1863 tillbyg-

des den för större utrymmes erhållande och består nu af tvenne våningar, en för hvardera könet och en vindsvåning för tvätt, torkning, vattenreservoirer m. m. Huset är uppfördt af furutimmer på stenfot och jorden borttagen 2—3 alnar djupt under hela huset, för att få fritt dragrum. Inredningen af badlokalerna torde lättast blifva klar af medföljande planritning öfver den nedra våningen, som är afsedd för karlar. Den utgöres af ett rum för karbad, ett för varmluftsbad, ett för ångbad, två för sittbad, ett stort rum för inpackningar, ett för afrifningar, hvarest äfven en större bassin med directe från källan rinnande vatten finnes, dusch samt 10 afklädningsrum. I samma våning finnas dessutom sällskapsrum med egen ingång, rum för läkaren samt maskinrum. Till den öfre våningen leder en trappa så rymlig, att patienter der med beqvämlighet transporteras i bärstolar. Samma våning är inredd i det närmaste på lika sätt som den nyss beskrifna nedre våningen och afsedd för fruntimmer.

Uppvärmningen sker medelst jernkaminer, hvilka för lokaler, ständigt öfverfyllda af vattenångor, måste anses vara särdeles lämpliga, emedan denna värmeapparat på en gång med hastighet torkar luften och sprider stark värme. Om vintern, och då kalla dagar annars inträffa, uppvärmas rummen till 20°. De tvenne första åren inkastades varm, torr luft genom calorikmaskinen, för att taga bort fuktigheten i våningarna, hvilket en sednare erfarenhet dock visade vara skadligt så till vida, att luften derigenom blef för torr och retande.

Golfven och en del af väggarna i badrummen voro först täckta med zink, men då den upptogs efter branden 1861, befunnos plankorna derunder, redan efter ett och ett halft år, angripna af torröta. hvadan sedan blott användts drifna, oljefärgade plankgolf. De bästa golf i badrum torde dock vara tegelsten, täckt med minst en tum tjock asphalt. I afklädningsrummen äro golfven täckta med yllemattor.

Vattenuppfordringen sker, medelst en varmluftsmaskin af 12 tums diameter, från källan till en å vinden varande reservoir, som rymmer omkring 3000 kannor. Från reservoiren ledes vattnet genom kopparrör till alla delar af anstalten. Zinkrör duga ej enligt vår erfarenhet, emedan de springa sönder vid starka temperaturförändringar. Samma varmluftsmaskin drifver en liten mangel, bestående af tvenne mot hvarandra löpande, med belastning försedda jerncylindrar. I maskinrummet finnes en ångpanna, hvarifrån ångan ledes dels till ångbaden och dels till vinden på det sednare stället för uppvärmning af vatten i ett kärl af omkring 1000 kannors rymd.

Hela badapparaten är fast, och från hvarje kar och balja löpa afloppsrör under golfven i särskildta rännor, för att undgå allt onödigt spillande. Duscharna hafva en fallhöjd af 12—34 fot. I hvarje duschrum finnes uppstigande, rectal- och lokaldusch.

Under byggnad är ett societetshus med tvenne stora salonger, hvilket blir färdigt till den 1 Juni detta år.

En egendomlig inrättning för denna anstalt torde vara varmluftsbadet, en modification af den såkallade "Finska badstu'n." Uti ett rum af 11 fots höjd äro, längs efter tvänne väggar, trenne stycken lafvar anbragta öfver hvarandra, och i det fria hörnet en jernkamin, hvaruppå står ett med vatten fyldt kärl. Dessutom går genom rummet en fint fördelad, horisontal vattenstråle. Genom uppvärmning af kaminen får man lätt 50°—60° varmt i rummet, hvilket, till följe af vattnets afdunstning från det på kaminen stående kärlet och från vattenstrålen, innehåller lagom fuktig och lätt respirabel luft. Den badande lägger sig först på den lägsta lafven, låter, sedan han blifvit väl varm, borsta sig och stiger derefter upp på någon af de öfre lafvarna. Efter några minuter utbryter en ymnig svett, som sedan underhålles en stund, hvarefter den badande tager ett kallt eller svalt bad [1]. Dessa bad hafva den fördelen, att de i betydligt mindre grad påskynda hjertverksamheten än ång- sprit- och heta karbad och ej framkalla den oro och annars ofta inträdande ångest, som uppkommer genom inpackningarne i filt hos svaga och nervretliga personer. Tvärtom prisa de, som några gånger tagit sådana bad, det behag och det lugn, baden skänka. Framför vanliga Finska och Ryska bad hafva de den fördelen, att luften är lättare respirabel och ej inpregnerad med dam och orenlighet.

Badningen har fortgått alla årstider och de, som under vintern genomgått vattenbehandling, hafva derutaf funnit sig väl och mindre än andra varit plågade af kölden vid lägre lufttemperatur. Utlandets hydrotherapeuter förorda särdeles vattenkurens användande

[1] Kallt benämna vi ett bad under 15°, svalt mellan 15° och 25°, ljumt från och med 25° till 30°, varmt från och med 30° till och med 37° och hett öfver 37°.

under vintern. Såsom den förnämsta orsaken till de då vunna, lyckliga resultaterna uppgifva de vattnets låga temperatur under denna årstid. Någon hastigare verkan än annars af baden under vintern hafva vi ej tyckt oss förnimma, men väl under vårmånaderna och den tidigare hösten, hvilka årstider äfven ega mer än våra vintrar likhet i temperaturförhållanden med vintern i sydligare klimater. Efter den erfarenhet, vi vunnit, tro vi oss dock kunna försäkra, att behandlingen med vatten, der den ej kan uppskjutas eller då den fordrar längre tid än vår korta sommar, går för sig under vintern utan våda, och i en framtid, då man mera allmänt lärt känna vattens användande i lungornas sjukdomar, torde det under denna årstid komma att ganska mycket begagnas. Naturligtvis måste härvid badningen lämpas efter de yttre temperaturförhållandena, och fordrar liksom alltid annars läkarens noggranna uppmärksamhet.

Vid den redogörelse, vi nu lemna för några af de olika sjukdomarnes behandling vid vår badanstalt och resultaterna deraf, omnämna vi äfven stundom den erfarenhet utlandets vattenläkare vunnit. Alla de författare, vi dervid anföra, äro män med medicinsk bildning, som genom sina arbeten sökt föra vetenskapen framåt, och hvilka vi derföre kunna förorda hos dem, som önska göra närmare bekantskap med denna del af den medicinska therapien.

Vid behandlingen af vattenkurspatienter, hafva vi i allmänhet begagnat vatten ensamt. Har detta ej hjelpt, eller när vi ansett patienterna kunna hafva nytta af andra läkemedel eller helsovattens begagnande derjemte, hafva vi ej tvekat att använda sådana i förening med vatten. Vi tro, att vattenkur låter lika väl förena sig med bruk af medicamenter, som vanlig medicamentsbehandling kan understödjas af bad.

Vid anstalten hafva 631 personer varit inskrifna såsom badgäster under de första fem åren. Af dessa hafva 457 erlagt full afgift, 69 half samt 105 varit från betalning befriade. Antalet af de olika sjukdomar, som blifvit behandlade, inhemtas af tabellen.

Vid ordningen och benämningen af de sjukdomar, för hvilka vi redogöra, följa vi Kongl. Sundhets-Collegii Circ. af den 26 Sept. 1861.

Frossa: *Priessnitz* [1]) och hans närmaste efterföljare använde vid frosskakningens början inpackning i filt med bolstrar ofvanpå. Patienten fick qvarstanna i packningen, tills svetten brutit rikligt ut, då han erhöll en kall öfversköljning eller afrifning. Sedan öfvergick *Priessnitz* dock till kall afrifning vid frossans början, inpackning i vått lakan under andra stadiet samt slutligen en allmän öfversköljning efter svettens framträdande. De tre fall, *Schedel* refererar, tyckas dock hafva gått ganska illa. Vi hafva varit i tillfälle, att se båda dessa methoder använda vid en vattenkur, men försporde ej någon nytta deraf. Tvärtom plågades patienterna deraf ytterligare, i synnerhet under köldstadiet. De ledsnade äfven snart dervid, och skaffade sig, utan badläkarens vetskap, snart en frosskur från närmaste apothek. Sedan det nu är bekant, att kroppstemperaturen är betydligt förhöjd äfven under det s. k. köldstadiet, torde ej, åtmin-

---

[1]) Se *Schedel:* Examen clinique de l'hydrotherapie. Paris 1845.

stone torra, inpackningar vidare böra komma i fråga.
— Redan långt förut hade *Currie* [1]) användt kalla
begjutningar under hettans stadium och derigenom
couperat febern, samt genom deras återupprepande en
timma före den tid, då paroxysmen åter väntades,
förhindrat dess utbrott. — Öfvergjutningarna ändrade
Giannini [2]) till nedsänkning i ett bad af 16°—20°
temperatur under hettans stadium (såsom det tyckes
af hans redogörelse), samt använde detta dels ensamt,
dels i förening med chinabark. Båda med framgång. —
Fleury [3]) adopterade *Curries* method, men utbytte
öfvergjutningen mot allmän dusch af 1—3 minuter
och lokaldusch. Den sednare riktades mot mjelttrak-
ten, och båda applicerades ½—1 timma före det
väntade anfallet. *Fleury* anför, dels i det citerade
arbetet, dels i ett sednare [4]), en mängd fall, der han
lyckats coupera anfallen, samt efter en eller flera du-
schar minska mjeltens volym, äfven då den varit be-
tydligt förstorad. — *Fischhof* [5]) införde bruket af sitt-
bad om 15 minuters längd med ryggradsfrotteringar
vid paroxysmens början, samt uppger, att detta me-
del ej svikit i något af de 34 fall, han behandlat.
Om mjeltens förhållande lemnar han ej någon upp-

---

[1]) *James Currie:* Medical Reports on the effects of Water, cold
and warm, as a Remedy in Feber and other Diseases. Ed. II.
Lond. 1805.
[2]) *Giannini:* Della natura delle febri et del miglior methodo di
curarle. Milano 1805.
[3]) *Louis Fleury:* Traité pratique et raisonné d'hydrotherapie.
Ed. II. Paris 1856.
[4]) Du traitement hydrotherapique des fievres intermittentes par
L. Fleury. Paris 1858.
[5]) *I. W. Fischhof:* Bericht über das hydriatische Verfahren in
der Kaltwasserheilanstalt zu Lunkany. Pest 1855.

lysning. — Slutligen har *Preiss*[1]) användt sin s. k. con-
centriska nackdusch och darrafrifning äfven vid an-
fallets början. Nackduschen gifves så, att man pla-
cerar sig bakom den sjuka och med en, med kallt
vatten fylld, lavementspruta, sprutar i patientens
nacke. Tre till sex fylkda sprutor användas för hvarje
gång. Det är lätt att inse, att man här kan i stäl-
let använda en vanlig, svag lokaldusch. Vid darr-
afrifningen insvepes åter patienten hel och hållen i
ett vått lakan och får, deri innesluten, stå eller
sitta, tills en stark darrning inträder, hvarefter pa-
tienten starkt frotteras i 3—8 minuter. Hvad angår
den sista proceduren, bör den, om den användes,
brukas före anfallet, ty sedan detta en gång börjat,
är vanligen darrningen nog stor för att ej vidare be-
höfva ökas. Vi anföra ej de trenne sednare förfat-
tarnes försök till förklaring öfver de respectiva ba-
dens verkan och förmåga att bota frossan, då det
torde vara skäl att vänta med förklaringen af läke-
medlets verkan, tills man kommit allmännare öfver-
ens om sjelfva sjukdomens natur.

Innan vi gå vidare, vilja vi framställa de vanli-
gaste verkningarne af ett kallt bad, taget af en frisk
person utan föregående uppvärmning. Kastar man
sig i en basin, fylld med 6—7° vatten, erfar man en
liflig känsla af beklämning isynnerhet öfver bröstet,
respirationen blir hastig och flämtande, huden blek-
nar, blir knottrig (gåshud) och svider, pulsen blir
sammandragen, dichotom, ojemn och hård, "man dar-

---

[1]) *Edward Preiss:* Physiologische Untersuchungen über die Wir-
kungen des kalten Wassers im Bereiche des Nervensystems. Berlin
1858.

rar icke, men det uppstår en spasme universel, som med möda tillåter reguliera rörelser" [1]). Efter $\frac{1}{2}$—2 minuter försvinner detta obehagliga tillstånd, respirationen blir fri och djup, värmen återvänder till huden, som får en stark rodnad, pulsen blir full, stark och regulier, muskelverksamheten blir ledig, man känner sig liksom starkare och mäktig af en kraft, som man annars ej eger, en känsla af välbefinnande och mod genomströmmar hela organismen. Afbryter man nu badet, medan denna behagliga känsla fortfar, bibehåller den sig en stund och man erfar isynnerhet en ovanlig värme, kraft och rörlighet, så att t. o. m. lama personer kunna taga några steg och pseudankyloserade ledgångar röras, huden bibehåller sin rodnad och är en stund särdeles känslig. Tager man sig nu efter påklädandet liflig rörelse eller låter betäcka sig med filtar e. a. d., så fortfar detta tillstånd af välbefinnande. Sitter man åter stilla utan tillräcklig betäckning, inställer sig efter en stund en känsla af ruskighet och frusenhet, som kan öfvergå till frossskakningar, om badet varat länge. Fortsätter man deremot badet, sedan värmen åter inträdt, börjar efter olika lång tid, 2—20 minuter, den så kallade andra frossan kännas, darrningar och muskeldragningar infinna sig, rörelserna blifva ytterst svåra, en allmän lojhet och liknöjdhet bemäktiga sig sinnet, kroppstemperaturen sjunker t. o. m. 4^{0}, pulsen blir allt långsammare, huden blek och känslolös. Afbryter man nu badet, så fortfar detta tillstånd mer eller mindre utpregladt under flera timmar, hvarefter organismen

---

[1]) *Begin:* Dictionnaire des sciences medicales.

återgår till sina normala förhållanden, vanligen utan att någon allmän sjukdom inträder till följe af denna afkylning. Vid dusch äro fenomenerna af den första frossan, isynnerhet beklämningen, mera lifliga och hafva en relative längre varaktighet, och sedan värmestadiet inträdt, åtgår en längre tid än vid basinbadet, innan den andra frossan inträder. Vid afrifningar och öfversköljningar framträda i allmänhet de ofvan anförda fenomenerna, ehuru med mindre styrka. — Detta är det vanliga hos friska eller ej allt för mycket nedsatta personer. Hos svagare patienter åter antaga understundom vid så kalla bad den första frossans fenomener en sådan intensitet och längd, att de ej kunna uthärda, till dess värmens stadium inträder. Man finner då hos dem ofta samma verkan som den ofvan anförda vid användandet af bad af högre temperatur. Den efter den första frossan inträdande vårmen med dertill hörande fenomener har man kallat reaction.

Fästa vi oss särskildt vid pulsen och den centrala värmen, så se vi under första köldstadiet samt vid åter börjande värme pulsen än påskyndas, än bli långsammare, under det att värmen nästan alltid stegras med en eller annan tiondedels grad. Fortsättes nu badet, sjunka både puls och värme, och det desto mera, ju längre badet varar. Afbrytes det åter $1/2$—1 minut efter dess början, olika hos olika personer, så fortfar den stegrade värmen några minuter, men sjunker sedan à la règle ned under värmegraden vid badets början och stiger sedan åter till samma höjd. Pulsen bibehåller äfven några minuter den hastighet, som den fått i badet, eller om den derunder sjunkit, stiger den vanligen straxt derefter, faller sedan åter samt stiger slutligen öfver den hastighet, som den egde vid experimentets början. Fortfar åter badet länge, ser man ej något stigande efter dess slut, hvarken af pulshastigheten eller värmen, tvärtom sjunker den sednare något ytterligare straxt efter badet, samt återgår efter någon tid, beroende på luftens värme eller kroppens rörelser, till det normala.

Hvad respirationen vidkommer, så inträder efter det första påskyndandet deraf vid badets början den normala hastigheten straxt åter, om man i badet håller sig stilla; rör man sig åter häftigt derunder, påskyndas den liksom vid hvarje annan häftig rörelse. Detta har gifvit *Johnson* [1]) och *Scharlau*, som förbisett rörelsens inverkan, anledning, att ur detta momentala påskyndande förklara, utan tillräcklig grund, det kalla badets verkan bero på en hastigare syrsättning af blodet, då genom andhemtningens påskyndande en större mängd syre tillföres det. Såsom upplysande i afseende på puls och värme, anföra vi några iakttagelser vid korta, kalla karbad af 7°, gjorda i härvarande badhus. Baden togos i ett rum af 20°, de badande lågo alldeles stilla, aftorkades hastigt efter badets slut och rörde sig sedan sakta inom rummet. Thermometern bibehölls hela tiden under tungan. Pulsens stora långsamhet var hos' dem båda vanlig, och båda voro särdeles phlegmatiska.

---

[1]) *How. Johnson:* Untersuchungen über die Wirkungen des kalten Wassers. Bearb. von Scharlau. Stettin 1851.

| | Bad ½ minut. | | | | Bad 1 minut. | | | |
| | Puls | | värme under tungan | | Puls | | värme under tungan | |
hos	A.	B.	A.	B.	A.	B.	A.	B.
Före badet	54	52	36,2	36,2	60	58	36,8	37,0
vid badets slut	48	66	37,1	36,3	58	64	37,0	37,2
5 min. efter badet	—	—	37,2	36,3	58	50	36,7	36,4
10 » »	62	52	37,2	—	54	60	36,8	36,5
15 » »	59	51	37,1	36,1	66	66	36,9	37
20 » »	58	51	36,9°	36,1	52	52	36,7	36,4
25 » »	—	52	36,9	36,3	64	58	36,8	36,4
30 » »	—	—	36,9	36,4	58	52	36,8	36,3
35 » »	52	52	36,9	36,4	72	60	36,8	36,7
45 » »	54	48	36,7	35,9	72	60	36,8	37
52 » »	54	52	36,7	35,7				
60 » »	52	52	36,6	36,0				
60 » »	54	56	36,3	35,5				
67 » »	64	54	36,4	36,0				
75 » »	64	64	36,8	36,2				

Första experimentet hos B. visar äfven, att den rörelse, han tog efter badet, var otillräcklig, för att uppehålla värmen, fastän den en gång återgått till det normala och något deröfver; ökad rörelse återförde den till det normala.

Vi anföra efter *Fleury* 2:ne experimenter:

1) Temperatur under tungan före badet 38°. Fem minuters regndusch af 10° nedsatte den till 35°,9. 18 minuters liflig rörelse återförde den till det normala.

2) Temperatur under tungan 38°. Fem minuters regndusch af 14° nedsatte den till 36°. Derefter fullkomlig stillhet.

efter 15 min. hade thermometern stigit till 36°,6

„ 35 min.　　　　　„　　　„　„ 36°,8

„ 1 tim. 20 min.　„　　　„　„ 36°,8.

Stark rörelse togs nu och den steg då

1 tim. 40 min. efter badets slut till 37,°2

1 tim. 50 min. „　„　　„　„ 37,°6

2 tim. 12 min. „　„　　„　„ 38°.

Den peripheriska värmen stiger efter ett kallt bad småningom öfver den före badet. Man kan lätt derom öfvertyga sig, i fall man, efter att väl hafva inneslutit en thermometer i handen, efter 5 min. afläser den, bortlägger den och håller handen öppen i 7° vatten en minut. Aftorkas handen nu och thermometern ånyo inneslutes, finner man, att den visar 6°—10° lägre än förut. Snart stiger den åter till det normala samt efter omkring 1 timme en eller annan grad deröfver. Lägger man efter badet stundtals bort thermometern och rör handen lifligt, så inträder denna stegrade temperatur mycket hastigare.

Vi anföra ytterligare, för att få visa den yttre temperaturens hastiga inverkan på kroppstemperaturen särskildt vid frossparoxysmer, följande observation. En morgon under förra vintern fick jag, efter att en längre tid varit vid fullkomligt god helsa, ett frossanfall kl. 7 på morgonen; sedan det varat en timme, observerade jag med en vanlig munthermometer temperaturen under tungan vara 39°, då den annars vid den tiden på dagen hos mig plägar vara omkring 37°. Skakningarna och känslan af kyla voro nu ganska starka, pulsen kunde ej räknas för händernas darrning. Med thermometern fortfarande under tungan lade jag mig i ett karbad af 40°. Under de 10 minuter, jag tillbringade der, ökades symtomerna och de kalla ilningarna voro isynnerhet obehagliga på samma gång jag här och der i huden uppfattade en brännande känsla; efter 10 minuter hade thermometern stigit till 40,°4, således högre än badets temperatur. Omedelbart derefter gick jag i ett bad af 7°, skakningarna och tandhackningen ökades nu till den grad, att jag blott genom att hålla läpparna slutna omkring thermometern kunde förhindra densammas krossande. Efter 65 sekunder hade skakningarna blifvit så starka, att jag måste afbryta experimentet; thermometern hade då sjunkit till 38,°5. Paroxysmen minskades sedan småningom och upphörde 20 minuter efter badets slut, då temperaturen sjunkit till 37,°6. Ingen feber inställde sig och efter en timmas sömn kändes intet annat ovanligt, än en lindrig mattighet.

Utaf de 27 fall af frossa, som här förekommit, voro 2 redan couperade med kina före inskrifningen, men då de flera gånger recidiverat och en lindrig uppdrifning af mjelten qvarstod, önskade patienterna blifva behandlade med vatten. För båda användes duschar af 20°—7° [1]) två gånger om dagen och lokal-

---

[1]) Vi beteckna härmed korteligen, att pat. börjat första dagen med den först uppgifna temperaturen, samt sedan för hvarje dag minskat med en eller annan grad till det sist angifna gradtalet.

dusch öfver mjelttrakten. Redan efter några dagar var mjeltuppdrifningen försvunnen, och ehuru flera år nu förflutit, hafva de icke haft något recidiv. I två fall, der anfallen inträffat, vid det ena tre och vid det andra fem gånger, användes dusch straxt före det väntade anfallet. I båda fallen minskades anfallens intensitet redan efter första duschen och frossan återkom sedan ej. Båda använde sedan dusch två gånger om dagen under ett par veckor. I ett fall, der skakningarna öfvergingo i convulsioner, som varade flera timmar, der febern var obetydlig, ingen svettning inträdde och der sjukdomen, oaktadt kina blifvit många gånger gifven, varat under 6 månader, användes sittbad med ösningar och frotteringar utan effect. Nu föreskrefs vid convulsionernas början Preiss' nackdusch, och efter 10 minuter voro convulsionerna slut. Pat. kände sig något illamående, men insomnade efter en stund. De följande dagarna togs, då anfallen väntades, allmän dusch och pat. kände sedan ej vidare af sin sjukdom.

I de öfriga 22 fallen hade sjukdomen varat från 4 månader till flera år och var vid patientens ankomst hit, förenad med

Mjeltuppdrifning i alla fallen

Lefveruppdrifning . . . . . 6 fall

Bleksot . . . . 17 „

Magkatarrh . . . . 8 „

Allmän vattusot . . . . . . 1 „

D:o + Albuminuri . . 1 „

Chronisk metritis . . . . . 1 „

Starka lifmoderblödningar . 1 „

Vid dessas behandling hafva vi, om frossan haft regulier typ, först sökt coupera den med sittbad eller dusch. Har det ej lyckats eller har frossan haft irregulier typ, hafva vi sökt genom allmän och symtomatisk behandling höja krafterna så, som finnes antydt i här nedan anförda fall, och, då någon förbättring inträdt, hvarunder typen vanligen reglerat sig, användt de nämnda baden med godt resultat, samt sedan genom lokalduschar borttagit mjelt- och lefverförstoringen och genom de för dem lämpliga baden de andra sjukdomsfenomenerna. Af dessa 22 patienter blef den med albuminuri behäftade fri från frossan, men ägghvitan qvarstod i urinen; hos 2 fortfor mjeltuppdrifningen, ehuru frossan upphörde. Hos den af metritis lidande recidiverade frossan efter första årets badkur, men försvann, sedan pat. badat äfven följande sommar. 17 lemnade anstalten friska och hafva, så vidt vi kunnat erfara, sedan ej haft recidiv. Blott en pat. lemnade anstalten obotad. Vi redogöra närmare för den sistnämnda och en af de tillfrisknade:

En qvinna, 23 år gammal, af temligen stark kroppsbyggnad, som till sitt 16:de år varit frisk, men derefter lidit af lindrig bleksot, för hvilken hon användt jern och försökt åtskilliga brunnskurer, af hvilka hon dock obetydligt förbättrats, angreps jultiden 1860 af en svårare magkatarrh. Sängliggande i följd deraf, fick hon straxt på nyåret en frossa med skiftande än tertian, än qvartan typ, hvaremot användes till början af Maj qvinin i repeterade doser (tillsammans omkring 200 gran), arsenik m. m. Anfallen uteblefvo en och annan gång, men återkommo snart. Nu användes sittbad omkring en månad med samma följd, hvarefter vi tillfrågades af hennes läkare, om vi ville sköta henne med vatten, för att se om det i andra former kunde inverka på sjukdomen.

⁶/₆ funno vi henne ytterligt blek, afmagrad och så kraftlös, att hon ej utan hjelp kunde lemna sängen, klagande öfver mattighet, värk här och der i lederna, sömnlöshet, nattsvett och frånvaro af all matlust. Frossanfallen återkommo hvar tredje eller fjerde dag på olika tider af dagen. Vid respirations- och circulationsorganerna var intet att anmärka, utom starka anaemiska biljud samt 90—116 pulsslag i minuten. För öfrigt bemärktes stark ömhet öfver praecordialtrakten, lefvern ½ tum nedskjutande nedför refbensranden, mjelten 5 tum lång, 3 tum bred, huden däfven samt enligt uppgift svettande vid minsta ansträngning, händer och fötter kalla. Det föreskrefs tvättningar först öfver extremiteterna, morgon och afton tvenne dagar, sedan äfven öfver bålen med 16° vatten samt före och efter tvättningarna något ökad betäckning.

¹⁰/₆. Pat. har sofvit de två sista nätterna utan nattsvett och förtärt något mjölk och bröd på dagen; får sitta kringbäddad några timmar i ett soligt rum, der fönstren äro öppna.

²⁰/₆. Pat., som fortfarit med sina tvättningar och derunder fått någon aptit och god sömn, har nu vunnit så mycket krafter, att hon ensam kan gå och har i dag t. o. m. varit ute på gården. Frossanfallen komma nu på bestämda tider. Pulsen omkring 80.

²⁶/₆. Pat. har, understödd af en annan person, gått ned till badhuset (omkring 2000 alnar) samt der ta-

git en dusch om 16° vid den tid, då frossan vänta-
des. Anfallet lindrigare.

— Pat. fortfor nu med duscharna på den tid af da-
gen, då frossan väntades. Efter 8:de duschen infann
sig ej något frossanfall. Då aptiten ännu var klen
och praecordialömheten fortfor, erhöll hon, så snart
hon orkade gå två gånger om dagen till badhuset,
ångbad med 16° halfbad på f. m., dusch på e. m.
samt neptunigördel under natten.

⁷/₉ Pat:s krafter och sömn goda, ingen värk i le-
derna, intet frossanfall sedan det sista anmärkta, mjel-
ten normal, aptiten god, præcordial-ömheten borta,
händer och fötter af normal temperatur. Slutar med
badningen. Något recidiv har (under 3½ år) ej in-
träffat.

Lovisa B., 34 år gammal, ankom hit 1861. Hon
har sedan 8 år haft frossa, de tre första åren med qvar-
tan typ, sedan qvotidian. Småningom hafva anfallens
mängd ökat sig så, att flera komma på dygnet, en
gång t. o. m. 7. Anfallen, som genomgå de tre sta-
dierna, vara dock tillsammans blott 1—2 timmar,
men ibland afbrytes feberstadiet af ett nytt frossan-
fall. Stundom har hon dock varit fri 1—4 veckor.
Patienten har legat på flera sjukhus och dels der,
dels hemma många gånger erhållit kina och andra
medikamenter, som blott couperat frossan för kortare
tid, och har besökt flera helsobrunnar, deribland Sä-
tra, tre somrar å rad, men med lika liten framgång.

Pat. är af svagt, kachektiskt utseende, betydligt
afmagrad, krafterna så ringa, att hon, blott ledd af
en annan, kunnat komma till badhuset; sömnen är
god, utom då den hindras af ryggvärk eller frossanfall.

Stark ömhet kännes öfver de två nedersta hals- och alla ryggkotorna, samt stundom värk der, isynnerhet om nätterna. Lungorna äro friska, äfvensom hjertat. Starka anaemiska biljud, pulsen 90—100, respir. 30. Ömhet i præcordialtrakten och lifliga symtomer af en chronisk magkatarrh, aptiten ringa, afföringen temligen god, lefvern af normal storlek, mjelten 7 tum lång 5 tum bred. Menstruationen föregås sedan flera år (huru länge minnes ej pat. bestämdt) af flera 'dagars svår värk, är ovanligt ymnig och varar i 6—8 dagar, hvarunder frossanfallen alltid äro värre och tätare. Vid undersökning af uterus befanns dess portio vaginalis något ökad till sin volym samt särdeles mjuk, vagina ytterligt öm. Betydlig leucorrhé. Föröfrigt intet der att anmärka.

Vi erkänna gerna, det vi stodo i förlägenhet, huru vi här skulle ställa vår behandling. Att frossattackerna, huru de än först uppkommit, nu tillsammans med den allmänna svagheten underhöllos af den starka blodafgången, ansågo vi oss berättigade antaga. Men huru häfva denna? Då enligt qvinnans egen uppgift man försökt under vistandet på lazaretterna, att minska den, dels genom per os intagna medel, dels genom lokala insprutningar, men hon alltid deraf blifvit sämre, lockade detta ej till efterföljd. Väl kände vi det recept för vattenbehandling *Richter* [1]) gifvit mot blodöfverfyllnad i lifmodern och dess anexer; men som det innehåller nästan alla möjliga badformer, använda på en dag, var det ej här användbart i anseende till pat:s ytterliga svaghet, äfven om vi ansett en sådan

[1]) *C. A. W. Richter:* Die Wasserkuren in ihrer wissenschaftlichen und practischen Bedeutung. Berlin 1855. Th. II, p, 268,

"kur" i allmänhet lämplig. *Fleurys* användande af
spritbad med åtföljande stört- och uppstigande dusch
var ej heller lämpligt vid en förut högt uppjagad puls.
Vi föreskrefvo derföre: afrifning 16° om morgonen,
sittbad 18° på f. m. vid något af anfallens början
i 15 minuter med frottering af ryggen och insprut-
ning i vagina, samt kallt omslag om ryggen om
nätterna, hvarmed vi åsyftade att allmänt stärka,
minska tillflödet till lifmodern och om möjligt cou-
pera något anfall. Det sista lyckades ej, men kraf-
terna ökades. Nu användes hvar efter annan vid an-
fallens början dusch 16° af 15 fots fallhöjd flera
dagar å rad (pat. dröjde i badhuset, tills något an-
fall påkom) och nackdusch, båda utan effect. Vi
rådde nu pat. att sluta bada, men då hon funnit sig
något stärkt, fått litet aptit och ryggvärken sällan
återkom om nätterna, bad hon att få fortfara. Vid
sommarens slut var tillståndet likadant, utom att öm-
heten öfver kotorna var minskad. Under vintern hade
vi varit i tillfälle att se den välgörande verkan, som
våta inpackningar ega på chroniska lifmoderblödnin-
gar. Vi läto henne derföre på våren 1862 åter börja
badningen, sedan tillståndet under vintern varit oförän-
dradt. Sedan hon 17/5 fått 24 gran kinasalt, som
dock på anfallen ej hade ringaste verkan, erhöll hon
från 20/5 en våt inpackning med 12° öfversköljning
hvarje dag. Vid första, 14 dagar efter badningens
början, inträdande period var värken betydligt min-
dre, durationen blott fyra dagar och derunder inställde
sig blott ett anfall om dagen. Nästa menstruation
var utan plågor och af lika lång duration. Allmänna
tillståndet förbättrades nu, magkatarrhen försvann, li-

kaså ryggvärken och ömheten, och pat., som på 5 år ej kunnat förrätta några sysslor, började nu åter arbeta. Ett anfall kom vanligen hvarje dag, men varade blott ett par timmar. Pat. fick nu taga en dusch, när hon väntade anfallet och flera gånger couperades det deraf, men återkom efter några dagar. Vi gåfvo då $^{12}/_8$ 24 gran qvinin och pat. slapp sin frossa i 8 månader. Hon har sedan under $2^1/_2$ år tagit en allmän dusch med uppdusch hvarje dag om sommaren; recidiv har visserligen flera gånger förekommit, då hon begått någon svårare oförsigtighet, dock aldrig med mer än ett anfall om dagen, och hafva vi lyckats coupera det med kina eller dusch. Mjelten qvarstår dock ännu förstorad omkring 5 tum lång och 3 tum bred. Menstruationen, som under hösten och vintern är normal, ökar sig vanligen mot våren, då äfven ett och annat frossanfall inträder.

Vi ha anfört dessa båda fall för att visa, att vattenbehandling **kan** användas och med **fördel**, äfven der krafterna äro som mest nedsatta och då man vanligen säger, att pat. är "för svag för vattenkur", samt visa, att, huru specifikt än vissa badformer verka mot frossan, dock, om denna är complicerad med andra sjukdomar, dessa understundom måste först bekämpas, innan de respectiva baden göra någon verkan. Vi beklaga att ej kunna lemna några sifferuppgifter angående behandling af recenta fall med vatten. Ehuru ganska ofta frossa förekommit i vår enskildta praktik och vi dervid föreslagit vattenbehandling och erbjudit fria bad åt de fattiga, har man dock anhållit, att i stället få ett "frossrecept." — Då vi antagit såsom grundsats att ej öfvertala någon till bads begagnande, der vi ansett oss kunna gagna lika mycket med andra läkemedel, hafva vi villfarit de sjukes önskningar.

Hvad särskildt vidkommer duschens verkan till förminskning af mjelt- och lefveruppdrifning, så kunna vi constatera *Fleurys* erfarenhet genom de fall, vi omnämnt. Dock har förminskningen, ehuru den inträdt nästan alltid de gånger, vi för hvarje särskildt dusch undersökt, först efter 20—30 duschar återgått och bibehållit sig vid den normala storleken. Då *Fleury* uppgifver, att dertill blott behöfves 5—6 duschar, torde den olika erfarenheten bero derpå, att han behandlat mera recenta fall, under det vi nästan uteslutande haft invetererade. Mjelten tyckes återgå fortare än lefvern. Fall hafva förekommit, då den förra uppnått en storlek af ända till 8 tum i längd och 5 tum i bredd. Af den sednare har förstoringen ej varit så betydlig, utom i 2 fall, der den sköt ned fulla 4 tum nedanför refbensranden, näml. hos den under "lungsot och *N.* 11" omtalade pat., samt hos en pat., hitremitterad för intestinalkatarrh, hos hvilken lefvern gick långt in i venstra hypochondrium. Redan efter första duschen förminskades den hos den sednare pat. med fulla 2 tum, hvilket hade till följd, att pat. på hela dagen ej kunde gå rak. Följande dag hade den dock återtagit sin förra volym, men efter 6 veckors fortsatt behandling minskats så, att den gick blott en tum nedanför refbensranden, och äfven sköt mindre långt in i venstra hypochondrium. Då pat. följande året hitkom, för att några veckor bada, qvarstod lefvern vid samma storlek, hvilken den äfven bibehöll under hela badtiden. Huru länge förstoringen varat, kunde ej pat. upplysa, då den först här observerades. Några positiva tecken för en destructiv process förefunnos ej.

Lungsot. De misslyckade resultater, som vid Graefenberg vunnos vid behandling af bröstsjukdomar, hade till följd, att bröstpatienter efterhand derifrån alldeles uteslötos och att man i allmänhet ansåg vattenbehandling för dem olämplig. Först *Howard Johnson*[1]) redogjorde för några sjukdomsfall af sista gradens lungsot, behandlade med framgång med vatten. Han vågar dock ej taga steget ut och kalla sjukdomen för lungsot, utan kallar den "falsk lungsot", och de tecken på caverner, som förefunnos hos pat., ansåg han tyda på bronchiektasier, som dock försvunno understundom, hvilket tyckes sätta honom i förlägenhet. *Fleury* anförer i sitt ofvan anförda verk två fall af äfven sista gradens lungsot, som han nästan tvangs att behandla med vatten, båda med framgång. I en sednare redogörelse i Journal de progrès för 1859, hvarutaf vi dock blott sett ett referat, uppger han sig hafva behandlat en mängd fall med så mycken lycka, att de pat., som annars skulle lefvat i några dagar, lefvat i veckor, och de, som bort lefva i veckor, nu lefvat i månader etc. Behandlingen bestod uteslutande i korta duschar. Som författaren ej tyckes angifva, på hvilka grunder han, mer än andra, kan bestämma en lungsotspat:s blifvande lifstidslängd, lemna vi uppgiften i sitt värde. *Weiskopf*[2]), en för

---

[1]) Die Behandlung unheilbarer Krankheiten mittelst der hydropathischen Curmethode von *Howard F. Johnson.* Üb. v. Hartmann. Weimar 1853.

[2]) Theorie und Methodik des Wasserheilverfahrens von *Hartwig Weiskopf.* Wien 1847.

sin tid särdeles lugn och vetenskaplig vattenläkare, då man frånräknar honom hans något skarpt prononcerade, humoralpathologiska åsigter, rekommenderar redan förut vattenbehandling, men har ej meddelat några resultater deraf. År 1854 utgaf *Balbirnie* [1]) sin stora monographi om lungsot och scrofler, der han visar, att lungsoten ingalunda alltid förer till döden, anför 132 fall, diagnosticerade af verldens förnämsta läkare och öfvergångna till helsa (af dessa fall hafva en stor mängd blifvit constaterade vid obduction, då pat. aflidit i följd af andra sjukdomar), underkastar den vanliga behandlingen en alvarsam kritik samt lemnar slutligen redogörelse för 5 fall, som han med framgång behandlat med vatten. — Det är dock Professor *Bonsdorf* i Helsingfors samt D:r *Brehmer* i Görbersdorf, som bäst visat, hvilka resultater kunna vinnas af vattenbehandling i denna till sin prognos vanligen så olyckliga sjukdom. Professor *Bonsdorf* förestår en vattenkuranstalt i Åbo och har för behandlingen och resultaterna derstädes lemnat fullständiga redogörelser i Finska Läkaresällskapets Handlingar, 5 och 6 bandet. Till dessa hänvisa vi dem af våra läsare, som närmare intressera sig för ämnet och anföra blott följande ur redogörelsen för 1856: "Jag är emedlertid öfvertygad om, att vattenkuren, med ihärdighet fortsatt, skulle utgöra den vigtigaste och en fullkomligt rationel kur mot lungsot, utan att jag skulle hysa den sangviniska förhoppning, att i alla fall kuren fullständigt skall kunna lyckas. Vinnes i några fall betydlig förbättring, är mycket vun-

---

[1]) The watercure in consumption and scrofula. By *John Balbirnie.* London 1854.

net; det säkra är, att vattenkuren, använd mot lung-
sot med iakttagande af nödig försigtighet med hän-
seende till den sjukes constitution och sjukdomens
stadium, icke är förenad med någon fara för den sjuke,
såsom många velat anse."

D:r *Brehmer* har på Schlesiska Riesengebirge
1700 fot öfver hafvet vid Görbersdorf anlagt en sär-
skild vårdanstalt för lungsotspat. och lemnat *dels i*
Balneologische Zeitung VII och IX, dels i Ar-
chiv d. V. f. g. Arbeiten IV redogörelser för sin
behandling och sina resultater. Dessa äro i korthet:
att i de flesta fall helsa vunnits, der cavernbildning
ännu ej börjat, samt betydlig förbättring, der den re-
dan inträdt. Hans behandling består i afrifningar,
korta duschar samt någon gång korta 34°—37°,5 kar-
bad. I sin första årsredogörelse tillskrifver han i för-
sta rummet lokalens hygieniska förhållanden dessa
lyckliga resultater. I de sednare erkänner han, att,
ehuru äfven de dertill bidragit, dock i första rummet
måste sättas vattenbehandlingen.

Det finnes enligt vår tanke tvenne instrumenter,
hvarigenom man kan bestämma, huruvida en verklig
förbättring inträdt i lungsoten, nämligen vågen och
spirometern. Vi veta, att, huru mycket man än i
början intresserade sig för det sistnämnda instrumen-
tet, det nu på sednare tider blifvit af många ansedt
som en sorts medicinsk leksak, en åsigt, som dock
väl är oberättigad, då det genom *Hutchinson, Win-
trick* m. fl. är constateradt, att respirationscapaciteten
står i ett visst förhållande till kroppslängden så, att
hvarje centimeters kroppslängd betingar en viss respi-
rationscapacitet. Visserligen är det också observeradt,

att r.c. ej är constant, utan oscillerar på 50—150 c.c. hos samma person, samt att man genom vana något kan uppbringa förmågan att uppblåsa spirometern. Men fäster man afseende på dessa momenter, så torde man vid undersökningen af en bröstpat. ej vara berättigad, att med rättighet sluta något af ett par hundrade felande c.c., men deremot desto mer, ifall en så betydlig mängd, som t. ex. 1000 c.c. eller deromkring fattas, äfven om ej percussion och auscultation gifva några bestämda tecken för en börjande tuberculos, men symtomerna föröfrigt derpå häntyda. Äfvenså anse vi oss berättigade, att vid behandling af en sådan pat. sluta till förbättring, då en betydlig förhöjning af r. c. inträder. Begagnar man sig af spirometerns upplysningar på så sätt, torde den ej vara en leksak, utan ett ganska säkert criterium, der vi annars, utom vågen, ofta ej ega något säkert sådant. Vi anföra ur *Brehmers* ofvan citerade redogörelse kroppsvigten och respirationscapaciteten hos 10 personer före och efter kuren. De fem första fallen saknade bestämda tecken till caverner, de fem sednare visade sådana samt dessutom hectisk feber, hvilken under behandlingen försvann hos alla. Hos en minskades vigten med 2500 gram, hos alla de öfriga ökades den från 100—7630 gr. (omkring 18 svenska ☙), hos alla ökades respirationscapaciteten:

		Kroppsvigt		ökad med	Respirationschpacitet		Ökad med
		Före	Efter		Före	Efter	
1	qvinna	53040 gr.	59100	6060	1270 ccm.	2300	1030.
2	man	57070	64700	7630	1800	3800	2000
3	qvinna	41540	45450	3910	1350	1750	40C
4	qvinna	49760	52165	3605	1500	1900	40
5	man	61600	65930	4330	1900	2550	650.
6	man	72100	72220	120	2000 .	2400	400.
7	qvinna	40980	47320	6340	1300	1850	550.
8	man	61160	61750	590	1400	1580	180.
9	qvinna	47350	44850	¹)	1300	1400	100.
10	man	61200	64600	3400	3100	3350	250.

Öfverensstämmande med dessa äro *Bonsdorfs* i-
akttagelser.

Vi lemna en kort öfversigt af de 14 fall, som vid
Upsala vattenkuranstalt varit behandlade, beklagande,
att ej öfver dem alla kunna lemna uppgifter i afse-
ende på vigt och respirationscapacitet, men kommer
det sig deraf, att vi först på sednare tid erhållit
fullt tillförlitliga instrumenter för dessa bestämningar.

1. En qvinna, 19 år gammal, har lidit ett år före
behandlingens början af allmän nedsättning, torrhosta
och bleksot. Dämpad ton i högra lungspetsen med
otydlig respiration samt förlängd och saccaderad ex-
spiration. Behandlades i 5 veckor med afrifningar
och duschar af 20—16°. Vann fullständig helsa, som
nu varat i fyra år.

2. En qvinna, 22 år gammal, har lidit sedan 6
månader af svår hosta med ymnigt, då och då blod-
blandadt sputum med elastika trådar. Förtätning i
högra lungspetsen. Chronisk magkatarrh, mattighet.
Inga hectiska symtomer. Erhöll under 14 veckor 40°

¹) Minskad med 2500 gram,

✻ varmluftsbad af 30—40 minuter med 20° dusch. Slutade frisk. R.c. ökad från 2400 till 2700. Nu, 6 månader derefter, fortfarande frisk.

3. En man, 27 år, har lidit sedan 8 månader af svår hosta med ymnig slemafsöndring från lungorna, de två sista månaderna feber och nattsvett samt afmattning. Dämpad ton i venstra lungspetsen med otydlig och svag respiration. Började bada den 8/8, varmluftsbad med 16° dusch. 12/8 feber och nattsvett upphörda. Slemafsöndringen minskad. 1/10 ännu något dämpad ton, men respirationen tydlig; ingen feber, nattsvett eller hosta; krafterna goda. Slutar att bada. Frisk nu 1½ år derefter.

4. En gosse, 5 år, har lidit sedan fyra månader af svår hosta med ymnigt purulent sputum, afmattning, nattsvett. Sömnen ständigt afbruten af hosta. Afmagring, anorexi. Dämpad ton öfver högra öfre lungloben. Bronchial resp. derstädes, blandad med otydligt pueril resp. Erhöll under 4 veckor 40° varmluftbad med 16° öfversköljning. Redan efter 3:dje badet försvann febern och nattsvetten, expectorationen minskades. Småningom återkommo matlust och krafter, och vid badningens slut var gossen fullkomligt återställd och har sedan dess (11 månader) varit frisk.

5. En qvinna, 20 år gammal, har lidit sedan 1 år (?) af hosta med blodblandadt sputum, stundom blodspottning samt allmän afmattning. Förtätning i venstra lungspetsen. Pat. behandlades här två somrar å rad fyra veckor hvardera: första sommaren med två duschar dagligen af 20—16°, varande ½ minut, andra sommaren med varmluftsbad med 15° dusch. Under första sommaren försvann hostan och pat. hade

under följande vinter blott en gång blodblandadt **sputum**. Förtätningen qvarstod. Efter andra **sommarens** badning förklarade sig pat. vara frisk, men anhöll **att** ej blifva undersökt.

6. En qvinna, 33 år, har lidit sedan 2 år af **svår** hosta med ymnig expectoration. Elastika trådar. Förtätning i båda lungspetsarna. Allmän afmattning. Erhöll varmluftsbad med 15° dusch under fyra veckor, vid hvilkas slut förtätningen qvarstod, men hostan var borta och krafterna goda. Vi hafva sedan ej hört af patienten.

7. En man, 30 år, har lidit sedan fyra år af svår hosta med på sednare tider ymniga, purulenta sputa, stark afmagring, mattighet och hectisk feber med ymnig nattsvett samt dålig aptit och vanligen kräkning efter maten. Dämpad ton i venstra lungspetsen med sträf, saccaderad exspiration. Dernedanför normal perc.ton och vesikulär respiration med här och der grofblåsiga rassel. Öfver högra lungans spets metallisk perc.ton med amphorisk resp., öfver den öfriga delen dämpad ton med obestämd, här och der bronchial respiration. Resp.cap. 1600. Erhöll dagligen 2—3 afrifningar af 25—20°. Efter 10 dygn hade febern och nattsvetten upphört, hosta och sputa minskats, krafterna något återkommit och resp.cap. ökats till 1820. Krafterna ökades så, att pat., som vid sin ankomst med yttersta möda kunde komma ned till badhuset, 5 veckor derefter, sedan hostan nu ytterligare aftagit, bestämde sig, oaktadt vår protest, att resa på bondkärra till Carlstad. Huru detta lyckades, känna vi ej. Vid afresan qvarstod förtätningeu i venstra lungspetsen. — Öfver högra lungspetsen

qvarstod den metalliska perc.tonen och amphoriska respirationen, men öfver den öfriga delen af samma lunga voro percussionston och respirationsljud normala. Resp.cap. hade ökat sig till 2150.

8. En man, 28 år, har lidit sedan många år af svår hosta med ymnigt, purulent, stundom blodblandadt sputum, stygn och värk här och der i bröstet och är vid ankomsten till anstalten den $^{16}/_6$ ytterligt matt och afmagrad med hectisk feber och nattsvett. Svår ventrikelkatarrh. Framstående nyckelben med betydlig insjunkning derunder å båda sidor. Dämpad, sprucken ton i båda lungspetsarna, i högra lungan nedanför spetsen ovanligt hög, i venstra på framsidan här och der dämpad, på baksidan ovanligt hög ton. Å venstra lungans framsida höras här och der cavernösa rassel, otydligt vesiculär samt bronchialrespiration. Å högra lungans framsida samt å den venstra lungans baksida ytterst svagt, otydligt resp.ljud. Hjertat något förskjutet. Matta tonen deröfver omkring 1 tum i fyrkant. Puls 130, resp. 30, resp.cap. 1450 c.c. (Kroppslängd 5 fot 4 tum). Erhöll hvarje dag två afrifningar af 28—20°. $^7/_7$ någon aptit, krafterna i stigande, febern och nattsvetten högst obetydliga. Ord. afrifning på f. m., karbad af 34° i 3—4 minuter på eft.m. $^{17}/_7$ feber och nattsvett upphörda. Hostan och sputum minskade. $^{19}/_7$ pat. ådrog sig i går en förkylning, hvarefter feber och nattsvett återkommo. Ord. kort regndusch af 20° på f. m., 34° karbad i fem min. på eft.m. $^{28}/_7$ feber och nattsvett åter upphörda, puls 104, resp.cap. 1150 c.c. Patienten fortfor nu att tidtals bada, så ofta han något försämrats, och kunde härunder i allmänhet vara ute

och hemma sysselsätta sig med skrifning. Feber och nattsvett återkommo någongång, men försvunno efter några bad. Hosta och expectoration obetydliga. Tillståndet fortfor lika, till dess han afled, 19 månader efter det att han börjat bada. Obduction tilläts ej, eburu vi mycket derom anhöllo.

9. En man, 46 år, lidande sedan många år af lungsot, ankom hit i sista stadiet af sjukdomen, erhöll under trenne veckor afrifningar på f. m. af 26—20° samt karbad på aftonen 34° i 5 minuter. Febern, nattsvetten och den profusa expectorationen minskades efter några dagar och försvunno alldeles under sista veckan. Pat. påstod sig nu kunna återtaga sitt folkskolelärarekall (oaktadt vi visade honom faran deraf) och afreste.

Död 4 veckor efter hemkomsten.

10. En man, 29 år, använde i sista stadiet af samma sjukdom under tvenne veckor afrifning af 20° samt karbad af 34° mot febern och svetten, hvilka ock deraf försvunno.

Afled 3 månader derefter.

11. En yngling, 19 år, har lidit sedan flera år af svår hosta och profus slemafsöndring, som stundom ökats till kräkning, symtomer af en chronisk magkatarrh, svullna körtlar här och der, ljusskygghet, kalla fötter, ytterlig mattighet och andfäddhet samt på sista tiden feber och nattsvett. Cavernösa rassel öfver större delen af venstra lungan, ovanligt klar ton öfver större delen af den högra lungans framsida med särdeles svagt respirationsljud. In- och expiration lika långa, 32 i minuten. "Orkar ej blåsa i spirometern." Hjertat förskjutet, puls 116. Stark ömhet i præcordium,

lefvern nedskjuter 6 tum nedanför refbensranden. Pat., som vid flera utländska brunnar sökt bot för sin "maghosta", ville högst ogerna, att vi skulle undersöka lungorna, "då det aldrig förut behöfts". $^{27}/_6$ ord. afrifning 25°, karbad 30° i 5 minuter samt hemma kall fotafrifning. Efter de första karbaden fick pat. starka kräkningar, bestående af surt vatten och vanliga magcontenta, blandade med stora massor purulenta sputa. $^7/_7$ ökades krafterna så, att pat. kunde gå till badet, utan att hvila på vägen; hostan minskad, feber och nattsvett nästan försvunna. $^4/_7$ ett lindrigt diarrhé, som försvann under iakttagande af stillhet och begagnande af neptunigördel. $^{10}/_7$ resp. 24, puls 104. Nattsvetten upphörd, tillståndet annars lika. $^{15}/_7$ pat. lärer nu rådfört sig med annan läkare och på hans tillrådan slutat med badningen.

Död omkring 6 veckor derefter.

12. En yngling, 19 år, fick, efter flera månaders ansträngd läsning, derunder han känt beklämning och en stickande smärta här och der i bröstet, dagen efter en misslyckad examen blodspottning. 14 dagar derefter den $^{20}/_6$ undersökte vi bröstet och funno bröstkorgen under högra nyckelbenet något insjunken, perc. tonen der betydligt dämpad, respirationsljudet otydligt, sträft med förlängd expiration samt ett och annat bronchialt respirationsljud. Venstra lungan normal. Resp.-cap. 2100 c. c. (kroppslängd 6 fot). Lindrig hosta med något segt, katarrhalt sputum, puls 80. Afmagring, mattighet och nattsvett. Ord. afrifning och dusch af 20—16°. $^{26}/_6$ nattsvetten upphörd. Ord. hög diet med Spanskt vin på f. m. och punsch på e. m. samt vistande i fria luften utan ansträn-

är en sak, som vi, såsom ofvan är antydt, icke anse
oss kunna afgöra. Men hvad vi med bestämdhet
veta är, att hans lif under denna tid var betydligt
drägligare och plågfriare än under flera föregående år.

Jemföra vi nu *Bonsdorfs*, till hvars utmärkta re-
dogörelse vi ännu en gång hänvisa, *Brehmers* och
våra iakttagelser, så se vi, att i de flesta fall af lung-
sot, som varit under vattenbehandling, observerats en-
ligt B. et Br.

betydligt tilltagande i vigt,
ökad respirationscapacitet
samt af alla tre
i första stadiet inträdande helsa i några fall och
förbättring i nästan alla de andra,
i sista stadiet upphörandet af den hectiska febern
och svetten, samt förökade krafter.

De badformer, som dervid blifvit använda, äro
afrifningar af olika temperaturer, regnduschar af
10—60 secunders längd och 30°—10° temperatur samt
10—30 fots fallhöjd, korta karbad om 34°—$37^{\prime}$,
hvartill af *Bonsdorf* lagts spritbad (af lägre tem-
peratur?), samt af oss varmluftsbad. Dervid har
Bonsdorf dock användt åtskilliga andra läkemedel.
Våt gördel omkring bröstet hafva vi ej funnit lämp-
lig, då den, så länge pat. går oppe, sällan blifver
varm, samt under det pat. ligger till sängs, plågar
honom genom trycket.

Bleksot *Fleury* har angifvit kalla duschar af
några secunders till flera minuters duration, tagna 3
—4 gånger om dagen, såsom nästan ett specificum
mot bleksot. Först använde vi äfven dusch, men med
ringa framgång genast vid behandlingens början. Häf-

tig ångest, oro, hjertklappning, frosskakningar m. m. infunno sig vanligen och ehuru vi höjde temperaturen stundom ända till 20°, tålde flera pat. ej på något vilkor nämnda badform. *Fleury* påstår visserligen, att alla dessa fenomener försvinna på femte eller sjette dygnet, men här blef detta ej fallet. I några fall, som blott varat en till sex månader, hjelpte duscharna efter 4—6 veckor. I de andra fallen åter, hvaraf somliga varat ända till 6 år, och hvarunder pat. varit underkastade vanlig medicamentsbehandling, måste vi börja med delvis symtomatisk behandling och lämpa den efter symtomernas förherrskande än här, än der, i det vi på samma gång sökte att stärka organismen i sin helhet. Till följe häraf föreskrefvo vi vistande i fria luften så mycket som möjligt, lindrig rörelse före och efter baden, dock så att pat. dervid aldrig ansträngdes, ordnad diet, afrifningar om morgonen, börjande med vatten af 25° och småningom sjunkande till lägre temperatur. Vanligen påstår man, att reaction ej inträder, då vattnet har nämnda temperatur, men detta motsäges af vår erfarenhet. Frotterar betjeningen tillräckligt, så infinner reactionen sig nästan alltid, åtminstone säkrare än vid användandet af 7° vatten, som hos en ytterligt nedsatt person med svag värmebildning i stället för reaction, ofta framkallar frosskakningar. (Helt annat är förhållandet vid partiela afrifningar). Vid stor kraftförlust och klen värmebildning upprepas afrifningen på eft. m. Äro fötterna kalla, tillägges ett kallt fotbad middagstiden af ½—2 minuter [1]). Vid värk i

---

[1]) Vanligen uppgifva författarne 5—30 minuters längd. Sådana fotbad kunna understundom begagnas af personer med liflig värme-

ryggen använda vi kallt omslag längst efter ryggen om nätterna; vid hjertklappning och hastig, liten och ojemn puls halfbad på 5 minuter af 25—15°; vid symtomer af magkatarrh några glås Marienbader en stund efter afrifningen på morgonen samt sittbad om 15° på f. m. och aftonen af 10 minuter; vid envis förstoppning vassla på morgonen samt sittbad med stark frottering öfver buken under badet samt vatten-lavementer, då så behöfves; vid ymnig leucorrhé sitt-bad af 30—35 minuter i en halftimma f. m och af-ton. Flera än trenne bad hafva vi ej användt på dagen och ofta blott två, men hafva ej heller sett pat. begagna under sommarmånaderna hvarken tulub-ber eller peliser. Hafva vi genom dessa lindrigare medel lyckats efter en eller annan vecka bekämpa de mest graverande symtomerna och stärka den försvagade pat., så att han kunnat röra sig och gå sig någorlunda varm, så har duschen, dock använd blott tvenne gånger på dagen, särdeles ofta gagnat. Började pat. med dusch af 15° temp., hafva de snart kunnat sänka den till källans, hvarunder krafterna i allmänhet stigit och symtomerna, isynnerhet de nevralgiska, som ofta hittills fortfarit, mildrats. Hos de pat., som lida af nervös hjertklappning, måste man dock vara särdeles försigtig med duschen och ofta låta den ersättas af kalla öfversköljningar, afrifningar och bassinbad. En dusch kan ofta här förstöra hvad man vunnit under veckor.

---

bildning och stora kroppskrafter, men som bleksotspat. sakna båda-dera, inträder hos dem vid så långa bad ingen reaction, utan pat:s tillstånd försämras deraf. Att begagna fotbad af snö och deri hålla fötterna, tills de blifva heta, (som en pat. uppgifvit sig på tillstyrkan hafva begagnat) förråder en sådan okunnighet om köldens verkningar på organismen, att vi ej kunna tro pat:s uppgift.

Med vattendrickning måste man iakttaga en viss måtta. De flesta chlorotiska pat. frysa vanligen hela f. m., om de dricka 6—8 glas vatten på morgonen, hvadan mera skäl är, att de i början af kuren dricka blott ett eller två glas på morgonen samt sedan ett glas en stund efter hvarje bad. Några gånger hafva vi, sedan pat. badat en tid, användt jernmedel, visserligen understundom med framgång, dock ej till den grad, vi väntat. Vanligen fördraga patienterna dem mindre väl under badningen, snarare naturliga jernvatten, t. ex. Ronneby omkring 50 ort om morgonen fördeladt på 2—3 portioner I de flesta fall har detta fördragits godt och blott trenne gånger framkallade det så svår hufvudvärk, att pat. måste afstå derifrån. Lättare fördrages det äfven, om pat. dricker hälften på f. m. och hälften på eft.m., och då man vid Ronnebyvattnets användande ej gerna kan tänka sig en direkt vattenverkan, d. v. s. en "omstämmande" sådan med förökad urin- och svett-afsöndring, utan en ren jernverkan, så bör ju detta fördelande anses ganska lämpligt.

Dieten bör vara enkel och närande, vin brukas understundom, der ej kärlerethism förefinnes; vid den på andra eller tredje veckan af badkuren ofta inträdande ökade aptiten varnas för öfverlastning af magen.

Af de 78 fall, som förekommit till behandling, hafva trenne ej förbättrats. Den ena af dessa, boende i stadens grannskap, afbröt tidt och ofta kuren; den andra, som sedan många år lidit af chloros och spinalìritation, lemnade efter 5 veckor anstalten oförbättrad; den tredje afbröt kuren redan efter två veckor, då hon hemma blifvit förespeglad att genast blifva bra och ej fann detta hopp förverkligadt. Af de öfriga 75 fallen hafva 44 lemnat anstalten fullkomligt återställda, de öfriga mer eller mindre förbättrade. Detta kan synas vara mindre lyckligt resultat, men då man besinnar, att de flesta utan resultat under lång tid varit behandlade med vanliga läkemedel och begagnat flera helsobrunnar, att sjukdomen varat ofta i flera år, samt att vistandet här oftast varit 5 veckor, synas resultaterna oss temligen tillfredsställande. Vattenkuren är numera ingen underkur, som genom svett och så kallade kriser ur kroppen i hast utdrifver s. k. "onda vätskor", utan en omstämmande behandling, som genom symtomernas mildrande, de olika functionernas återförande till sin normala verksamhet och genom den vitala energiens höjande, söker frambringa helsa. Att detta ej låter sig göra under en kort tid vid en mångårig sjukdom, bör till och med för hvem som helst vara lätt att förstå. Må man derföre, om man vill af vattenkuren draga all den nytta, som deraf kan hemtas vid invetererade fall, antingen först hemma börja behandlingen med de enklare vattenprocedurerna, innan pat. sändes till vattenkuranstalten, eller ock tillstyrka pat. att en längre tid vistas vid densamma.

Gikt och **Rheumatism.** Näst Syphilis torde det ej finnas några sjukdomar, der vattenbehandlingens nytta är mera omtvistad än i dessa. De olika åsigterna torde härleda sig från den stereotypa form man först gaf behandlingen, äfven i de mest olika former af sjukdomen, samt sedan olika methoder införts vid olika vattenkuranstalter, från den stränga likformighet, som vid hvardera af dessa oafbrutet iakttagits. Att den det oaktadt i allmänhet gagnat, kan synas af det förtroende, den fortfarande eger hos allmänheten. Vi anföra här det bruk, vi gjort af de olika användningsformerna.

Vattendrickning. Sedan gammalt är kändt det välgörande inflytande, brunnskurer, äfven utan badning, utöfva i dessa sjukdomar. *Genth* [1]), *Boecker* och *Fr. Mosler* [2]) med flera hafva på sednare tider anställt undersökningar, huru olika qvantiteter per os intaget vatten verka och vi anföra i korthet deras resultater. Afhållande från vattendrickning med bibehållande af vanlig fast föda verkar minskande på se- och excretionerna, särdeles på urinsecretionen. Oaktadt urinens sp. v. alltid steg betydligt, var dock förminskningen af de fasta beståndsdelarna stor, isynnerhet af urinämne, dernäst af chlornatrium, svafvel- och fosforsyra. Den insensibla perspirationen var äfven minskad, ehuru ej betydligt. Dessutom observerades förstoppning, bristande aptit och torr tunga. Vid bruk af större qvantiteter kallt vatten (1000—5600 c. c. på dagen) observerades, i afseende på urinen, förökad afsöndring af vatten och urinämne (ända till 34 procent öfver det vanliga), i stark grad stigande efter qvantiteten af njutet vatten, förökad afsöndring af svafvelsyra i samma förhållande, relativt ringa stegring af fosforsyra samt förminskning af

---

[1]) A. Genth, Untersuchungen über den Einfluss des Wassertrinkens auf dem Stoffwechsel. Wiesbaden 1856.

[2]) Fr. Mosler, Untersuchungen über den Einfluss des innerlichen Gebrauchs verschiedener Qvantiteten von gewöhnlichen Trinkwasser, auf den Stoffwechsel. Gekrönte Preisschrift. Arch. d. V. f. g. Arb. III. 4.

urinsyra ända till försvinnande deraf, i förhållande till qvantiteten intaget vatten. Svettbildningen var förökad. Vid stillhet visade sig större diures än vid rörelse, då diaphoresen var särdeles stegrad; mängds af urinämne var dock störst vid rörelse, men urinens oorganiska beståndsdelar då mindre (starkare afsöndrade genom svetten?). Starkare var diuresen, då det intagna vattnet hade en högre temperatur, urinämnet då isynnerhet ökadt. Mindre fasta ämnen funnos i urinen, då vattnet dracks i en följd, än då det fördelades på hela dagen. Uppstod vid längre bruk af olika qvantiteter vatten för en tid förminskniug hos en person, hos hvilken annars secretionerna ökades, så ökades de sedan återigen och åtföljdes då vanligen af förökad kroppsvigt. Hos qvinnor och barn samt svaga män ökades secretiouerna äfven vid mindre qvantiteter, samt hos starkare män vid större qvantiteter (5000—5600 c. c.) till den grad, att frossbrytningar, feberparoxysmer, anorexi och allmän mattighet inträdde. På faecaluttömningarna var inflytandet olika hos olika personer, dock verkade i allmänhet mindre qvantiteter ingen förändring, under det större, efter en längre tids bruk, framkallade 3—6 tunna uttömningar om dagen, hvarunder urinsecretionen minskades. Vid högre lufttemperatur tycktes ämnesomsättningen vara större än vid lägre. Slutligen der den lifligare omsättningen verkade en stark aptit och till följe deraf vigtsförlusten ersattes, voro rubbningarna i allmänna tillståndet mindre, än i motsatt fall, isynnerhet om (i sednare fallet) tillkommo stark och ansträngande rörelse. Uppgifterna om pulsoch **temperaturförhållanden** lemna ej tillfälle att derur draga **några** bestämda slutsatser.

Af dessa anförda resultater torde man se orsaken till ett vid vattenkuranstalter ofta förekommande obehag, som vanligen tolkas, ehuru orätt, såsom något till den så kallade "kuren" oundvikligen hörande, nämligen en, efter en eller annan veckas badning, hvarunder bättring vunnits, i det allmänna tillståndet inträdande försämring, allmän mattighet, frusenhet med feberparoxysmer, lösa afföringar m. m. eller den såkallade vattenfebern. Pat. minskar då badens antal och vattendrickningen, hvarigenom de nämnda symtomerna försvinna, utan att pat. känner sig betydligt förbättrad derefter. Vanligen helsas denna feber såsom något kärkommet, såsom ett intyg, att kuren verkar. För vår del kunna vi ej instämma i denna åsigt, då under en riktigt ledd vattenkur väl stegring i sjukdomens symtomer och känningar af fordna plågor förekomma, men ej någon allmän nedsättning. Men om den sistnämnda inträder, tillkännagifves dermed, att ämnesomsättningen blifvit drifven till en höjd, som organismen med sina närvarande krafter ej kan bära, eller med andra ord att pat. fått för mycket af bad eller vattendrickning. Att i allmänhet en sakta framskridande lysis skall inträda vid vattenkurer, der man nästan uteslutande använder dietetiska medel för att återföra organismen till sin normala verksamhet, torde vara lika naturligt, som att vattenfebrar ofta förekomma vid utlandets starkare helsokällor. Vi neka ej, att en verklig kris någon gång kan inträda under febrila symtomer af kortare eller längre duration, men tro dock, att dessa fall äro ganska sällsynta. Bland alla de pat., vi här behandlat, har detta händt blott tvenne gånger. Hos den ena, en qvinna med parenchymatös chronisk metritis med sänkning, infann sig efter 7 veckors behandling, hvarunder pat. vunnit i krafter, men den egentliga sjukdomen ej förändrats, en lindrig feber med svaga delirier, påskyndad puls samt liflig smärta i uterintrakten, hvilket tillstånd fortfor oförändradt omkring en vecka, hvarefter symtomerna minskades. Efter tvenne veckor var pat. fullkomligt frisk och uterus hade återfått sitt normala läge. I det andra fallet åter, en qvinna med allmän abdominalplethora, lifliga congestioner till hjernan samt stark fettbildning, fick pat. efter 5 veckors badning, hvarunder äfven krafterna ökats men ej någon betydlig förbättring inträdt, en feber med inffammatorisk karakter, som dock försvann på sjunde dygnet. 3 dagar sednare måste pat. resa hem, men efter hemkomsten kände hon sig friskare än förut under många år, magrade betydligt samt var fortfarande fri från congestioner.

Med stöd af de ofvan anförda resultaterna hafva vi bestämdt patienternas vattendrickning. Så hafva vi för välfödda arthritici med liflig värmebildning och trög afföring föreskrifvit ett småningom stigande ända till 16 glas och deröfver om dagen (hvarje glas innehållande 200 c. c.). Detta torde af mången anses såsom öfverdrift, men för att visa, att det så ej är, jemföra vi det med en Carlsbaderkur. Vid den sednare dricker man vanligen 8 "Becher", som hvardera håller 350 c. c., således summa 2800 c. c. (16 glas gör omkring 3200 c. c.), och nästan uteslutande på morgonen, så hett som pat. möjligen förmår. Vi föreskrifva deremot vanligt kallt källvatten 1600 till 2000 c. c. på morgonen, samt det öfriga fördeladt på den återstående delen af dagen. Vill man uträtta något mot den allmänna öfvernutritionen och de förminskade secretionerna, måste man dessutom gripa allvarsamt in. Finna vi, att någon verklig nedsättning till följe af för stark omsättning visar sig, så minska vi doserna. Dock får man ej såsom sådan anse hvarje klagan öfver trötthet af den vid vällefnad och stillasittande vanda pat. Äfven minska vi vattendrickningen vid inträdande diarrhé. Vid arthritis deformans hos ej allt för svaga personer hafva vi äfven föreskrifvit stora doser vatten invärtes, vid den vanliga chroniska articulära rheumatismen åter i mindre doser t. ex. 10 glas på dagen. Hos svagare deremot samt der sjukdomen varit complicerad med chloros eller någon annan värmen och blodberedningen allmänt nedsättande sjukdom, hafva doserna blifvit ganska små, stundom försatta med jern, stundom med Ronnebyvatten. Inträder vid stark vattendrickning ej förökad urin-secretion, men desthet och bukstinnhet, hafva vi minskat dosen och försökt att genom sittbad och varma allmänna bad understödja diuresen, samt då detta lyckats, ånyo ökat vattendrickningen. Vid den muskulära rheumatismen åter, då den ej varit complicerad med magkatarrh, hafva vi sällan föreskrifvit mer än ett par glas på morgonen. Äfven efter slutad kur hafva vi rådt arthritici till fortfarande riklig vattendrickning. I några fall af rheumatism, der den vid denna sjukdom så ofta förekommande magkatarrhen varit af särdeles svår beskaffenhet, hafva vi låtit patienterna i stället för vanligt vatten, dricka 6—8 glas Marienbader på morgonen.

Varma vattenbad (30—37°) befordra enligt *Lehmans* undersökningar i hög grad afsöndringarne genon njurarna och huden och de hafva äfven här visat sig särdeles verksamma, isynnerhet för sådana patienter, som ej fördragit kallare temperaturer. Det finnes nemligen somliga rheumatici, som på intet vilkor fördraga användandet af kalla bad, då dessa, i stället att minska, öka deras plågor, utan att man på förhand kan bestämma, hos hvilka patienter detta särskildta förhållande eger rum. Det enda, vi kunnat iakttaga, har varit, att rheumatismen då lokaliserat sig i bålen. Visserligen ser man hos sådana pat. efter ett kallt bad, föregånget af ett hett, ögonblicklig förbättring, men den varar ej lång stund, utan plågorna återkomma med förökad intensitet eller åtminstone med lika. Hos sådana patienter vinner man bättre resultater med ett varmt bad om dagen samt möjligen en 24° afrifning på morgonen, än genom inpackningar och heta bad.

Inpackningar, isynnerhet våta, lämpa sig bäst för arthritici, som lida af haemorrhoider och plethora abdominalis, för pat., som lida, utom af de ifrågavarande sjukdomarna, af abnormt stegrad hjertverksamhet, för äldre personer, hos hvilka man med särdeles försigtighet måste använda de heta baden, samt vid arthritis deformans isynnerhet, der vi ofta sett särdeles vackra resultater af den våta inpackningen, alternerande med heta vattenbad. Om äfven ej deformiteterna försvunnit, har dock en betydligt ökad rörelseförmåga och kraft i de deformerade lederna inträdt. De i början af sjukdomen förekommande cre‑ pitationerna hafva vi stundom sett upphöra, i andra fall åter qvarstå, under det de andra symtomerna försvunno. Dock fordras härvid temligen lång tid.

Heta bad. Vattenbad (37—40°), ångbad (37 —50°) samt luftbad (37—70°) öka under badet i hög grad hjertverksamheten, mest ång-, dernäst vatten- samt minst luft-bad, der man vid fullkomligt stillaliggande och lägre temperatur (37—45°) stundom ser ingen eller åtminstone ringa förändring. Lägger pat. sig efter det heta badet till sängs, minskas pulsens hastighet ganska fort och inom omkr. en timme har den vanligen samma hastighet som före badet. Afslutar man åter det heta badet, såsom här brukas, med ett kallt eller svalt sådant under en half — flera minuter allt efter omständigheterna, så sjunker pulsen derunder till sin normala hastighet, och visar sedan efter vatten- och luftbadet ingen betydlig förändring, under det att den en stund efter ångbadet vanligen stegras i hastighet, hvilket sedan fortfar 5 à 6 timmar. Är pulsen före vattenbadet ovanligt hastig, blir den efter det kalla badet vanligen för flera timmar långsammare.

Respirationshastigheten ökas understundom något i de heta baden, dock ej, såsom vanligen i Balneologier uppgifves, betydligt eller i förhållande till pulshastigheten, samt uteblifver understundom helt och hållet. Efter badet tyckes ingen förändring dervid förekomma.

Kroppsvärmen ökas under de heta baden med 1°—2°, sjunker i det derefter följande kalla, samt är understundom efter badets slut under några timmar något lägre än den normala.

Urinens mängd minskas under flera timmar efter badet, isynnerhet urinens vattenhalt, äfvensom dess fasta beståndsdelar utom urinsyra, som nästan alltid ökas.

Den insensibla perspirationen och svetten ökas under baden i hög grad (så t. ex. ser man personer under en timmes hett kar- eller luftbad understundom förlora 1—2 ℔ och deröfver), samt fortfar äfven efteråt att vara ökad i flera timmar, alltid efter vatten- och ångbaden, under det att efter de luftbad, der hudutdunstningen och svetten varit särdeles starka (t. ex. 1 ℔ under 20 minuter), en minskning sedan inträder för några timmar hos somliga; hos andra fortfara dessa secretioner äfven här att vara ökade. Afsöndringarna från huden efter de heta baden äro i allmänhet så starka, att under de första timmarna vigtförlusten ofta är dubbelt så stor, som under det normala tillståndet. Hos de pat., der dessa secretioner äro abnormt förminskade, blifva de ofta 4—6-dubblade genom baden.

Då inga comparativa försök, så vidt vi känna, af någon anstälts öfver de heta baden, hafva vi under de sednaste vintrarna utfört sådana och det är en del af resultaterna af en mängd experimenter, som vi här framlagt. För sjelfva experimenterna torde vi få framdeles redogöra, då det blefve alltför vidlyftigt att i denna afhandling intaga dem.

De heta vattenbaden hafva vi isynnerhet funnit lämpliga vid arthritis samt vid rheumatism med starka oedematösa ansvällningar utan albuminuri. Efter några heta vattenbad har oedemet, som förut ofta varit ganska länge, försvunnit och de andra symtomerna förbättrats. Äfven vid flyttande, chroniska, articulära rheumatismer hafva vi funnit nytta af dessa bad. I allmänhet hafva afkylningarne efter dem tagits, till att börja med, af ej låg temperatur, omkring 16°. Blott småningom hafva vi låtit patienten öfvergå till källkalla afkylningar.

Ångbad åter hafva vi med mesta framgång användt vid acuta rheumatismer utan feber, vid chroniska muskelrheumatismer och vid fixerade, chroniska, articulära rheumatismer, äfven då dessa varit förenade med pseudankyloser, då vi afslutat badet med dusch, annars vanligen med bassinbad. *Fleurys* erfarenhet af det med källkall dusch combinerade heta badets förmåga att häfva pseudankyloser hafva vi äfven här sett bekräftad vid flera fall, men ehuru ledbarheten ökats för en stund vid hvarje dusch, dröjer det dock ganska länge, innan den normala rörelseförmågan återkommer. Att heta kar- och ångbad äro contraindicerade vid organiska hjertlidanden, torde vi knappt behöfva tillägga.

Angående varmluftsbadets verkan vid de ifrågavarande sjukdomarna anse vi oss ännu ej kunna yttra oss, då det här användts blott de två sista åren. Att de i recenta fall af muskelrheumatism och såsom ett lätt uppvärmningsmedel före afrifningen isynnerhet kalla morgnar samt hos svaga personer visat sig nyttiga, kunna vi intyga.

Af allmänna kalla bad, utan föregående inpackning eller heta bad, är det egentligen kalla tvättnin-

7

gar, afrifningar och duschar, vi här användt. Kalla tvättningar bruka vi vid början af behandlingen hos ytterst retliga eller svaga personer, såsom förberedande åtgärd. Afrifningar och allmänna duschar hafva utom den allmänt upplifvande och stärkande verkan, de ega, en särdeles användbarhet här genom den härdighet mot yttre temperaturvexlingar, de gifva huden samt derigenom att de borttaga den vid chroniska rheumatismer ofta förekommande benägenhet för sjuklig svett. Lokalduscharna åter gagna vid bestämdt lokaliserade rheumatoser, äfven, som vi förut nämnt, i förening med heta bad vid pseudankyloser.

Sittbad hafva vi användt källkalla eller af 30°—37°, i 5—15 minuter vid arthritis samt i de rheumatoser, som varit förenade med intestinalkatarrher. Lokala, våta, värmande omslag hafva användts vid ihärdiga, fixerade articulärrheumatismer, isynnerhet då de varit förenade med uppdrifning af ledgångar; dessutom neptunigördlar vid behof. Slutligen hafva vi med fördel låtit patienter, hos hvilka plågorna exacerberat under nätterna och som derföre icke kunnat sofva, ligga i våta, lindrigt urvridna lakan med lätt betäckning. Detta är en procedur, som vanligen förskräcker de sjuka. Snart vänja de sig dock dervid och finna deri ett visst behag till följe af den plågfrihet och lugna, djupa sömn, den skänker. Oftast läggas sådana omslag blott omkring nedre hälften af kroppen och verka då som ett stillande, sömngifvande medel vid stark nerverethism. Om morgonen erhåller pat. vid uppstigandet ur de våta omslagen en afrifning.

De resultater, vi vunnit under denna behandling, finnas anförda i tabellerna. Såsom friska efter arthritis hafva vi upptagit dem vi en längre tid (2—4 år) varit i tillfälle att iakttaga och som ej derunder erhållit något recidiv. Att ett sådant hos dem framdeles kan visa sig, vilja vi visst ej neka, då vattenbehandlingen lika litet som någon annan kan borttaga prædispositionen; godt nog, om den för kortare eller längre tid kan förekomma sjukdomens återkomst. Att vattenkuren är ett specificum mot articulär rheumatism, vilja vi ej heller påstå, men deremot anse vi af vigt att framhålla, att de många badformer, som vid de Svenska vattenkuranstalterna finnas att tillgå, rätt använda, erbjuda resurser, fullt jemförliga med andra brunns- och badkurer. Att fall här förekommit, der ingen förbättring inträdt, är sannt, men torde detta förhållande visa sig vid alla anstalter, der resultaterna ärligt framläggas.

Att för giktpatienter dieten särskildt reglerats, torde vi knappast behöfva tillägga. Här, der allt ifrån början en enkel sådan införts, och det stilla lif, som i Upsala råder under sommaren, ej särskildt lockar till öfverträdelser, är den ock lätt att följa. Svårare är, att vid återkomsten till hemmet bibehålla den, såsom vi föreskrifvit, då gamla vanor mana till brott mot de gifna föreskrifterna.

Af de 4 fall af **chronisk alkoholsförgiftning**, som förekommit, öfvergingo 2 till helsa efter begagnande af lindrig vattendrickning, allmänna kalla bad, ångbad med bassin, sittbad samt neptunigördel. Eget nog hafva dessa båda sedermera under trenne år fortsatt den absoluta nykterhet, de utöfvade vid behandlingens slut. En annan kunde ej ens under behandlingen afhålla sig från spirituosa, men förbättrades ändock något, den fjerde ledsnade redan efter 14 dagar vid den alltför vattenhaltiga dieten och afreste härifrån.

De fyra fallen af **chronisk quicksilfverförgiftning** öfvergingo alla till hälsa. Behandlingen bestod af vattendrickning samt inpackningar, alternerande med heta bad, efterföljda af bassinbad. Vi hafva härunder ej varit i tillfälle att se reguliniskt quicksilfver afsöndras genom huden på i maggropen lagdt bladguld såsom några författare uppgifva. Deremot hafva vi flera gånger såväl vid här ifrågavarande sjuka, som vid de för invetererad Syphilis behandlade funnit salivation inträda, flera månader efter det att pat. sist tagit quicksilfver. Detta var isynnerhet fallet hos en pat., som sedan flera år varit behandlad för en dermatos, som antagits vara roseola syphilitica och för hvilken han flerstädes genomgått starka mercurialkurer och sist före sin ankomst hit badat några månader i Aachen och äfven der genomgått en quicksilfverkur. Under sitt vistande här använde han heta vattenbad, vid hvilka salivation hvarje gång framträdde under den första. månaden, utom vid de 4 första baden. Samma symtom försvann sedermera samtidigt med de rheumatiska smärtorna, för hvilka pat. egentligen här sökte bot. Utslaget bleknade visserligen något, men återkom efter slutad badning och har sedan fortfarit likadant i flera år, utan att pat. haft några vidare symtomer. Vid närmare efterfrågan befunnos flera af patientens syskon, hos hvilka man ej kunde antaga någon specifik sjukdom, äfven lida af samma onda.

Syphilis. Græfenberg ansågs lång tid såsom ett säkert ultimum refugium för de med syphilis behäftade. Snart slog dock opinionen om och man förklarade, att vattnet gjorde här ingen nytta, utan blott förstörde pat. genom den utmergling, de årslånga kurerna förorsakade. Så började man använda vattenbehandling och andra läkemedel tillsammans och i närvarande stund, under det de egentliga syphilidologerne, dels med tystnadens vältalighet i sina verk förbigå hela saken, dels anvisa vattenbehandlingen en högst underordnad plats vid kurerande af syphilis, innehåller den "hydrotherapeutiska" eller "hydriatiska" litteraturen, hvilketdera man vill kalla den, de mest motsägande uppgifter. En bland orsakerna härtill är väl de olika åsigter, som ännu råda om sjukdomens natur. — En del vattenläkare fasthålla nämligen ännu den gamla åsigten om gonorrhé, chancre och syphilis såsom modifikationer af samma sjukdom, en annan del åter, den största, skilja väl gonorrhé från chancre, men ej den mjuka från den indurerade, hvilken skilnad, så vidt vi sedt, blott iaktages af en, *Roser* [1]). Det är naturligt, att under sådana omständigheter uppgifterna skola bli särdeles olika om de vunna resultaterna.

Utan att tilltro oss förmåga, att reda alla dessa olika åsigter om sjukdomens natur och botande, fram-

---

[1]) Die Anwendung und Erfolge des Wassers als Heilmittel, besonders in chronischen Krankheitsformen. Mit klinischer Beleuchtung der bei der Behandlung mit Wasser herrschenden Irrthümer etc. von *F. M. Roser.* Prag 1858, Th. II. Von den acuten Krankheiten 1859. En liten nätt bok, ehuru klandrad af recensenter. Dess förnämsta fel torde dock vara den braskande titeln samt en viss ofullständighet.

lägga vi vår åsigt och den erfarenhet, vi vunnit vid behandlingen.

Så vidt vi erfarit, anses väl inom vårt land gonorrhéen, den må i och för sig vara af specifik natur eller icke, dock vara en från chancre och syphilis helt och hållet skiljd sjukdom. Vi redogöra ock sedan för den särskildt. Hvad åter chancre vidkommer, så hysa vi de dualistiska åsigterna och anse således att i de flesta fall

den enkla, mjuka, inoculerbara chancren ej efterföljes af annat, än den suppurerande bubonen,

samt att deremot den indurerade, ej inoculerbara chancren efterföljes af consecutiva symtomer.

Vi påminna dock härvid, att enligt de sednast gjorda iakttagelser indurationen ej behöfver uppträda samtidigt med chancresårets uppkomst, utan kan framträda samtidigt med chancresårets uppkomst, under dess florescens, efter dess läkning, eller att den t. o. m. kan förekomma utan någon synbar ulceration.

Hvad först vidkommer den enkla, mjuka chancren, så kan och bör den vanligen behandlas lokalt. Att vid densamma ofta vattenbehandling blifvit använd, är troligt, och att åtminstone en stor mängd af hydrotherapeuter anförda fall böra härtill hänföras, förmoda vi bland annat af dess större frequens, än den indurerade. Att den äfven i vanliga fall läkes under vattenbehandling, fortare än annars, torde vara troligt (och vid de här behandlade 9 fall har det gått ganska fort), då dervid renlighet, ökad ämnesomsättning samt i allmänhet lyckliga hygieniska förhållanden böra bidraga till erhållande af ett lyckligt resultat. Om således i vanliga fall vattenbehandling väl är välgörande, men dock ej särskildt påkallad, torde det dock finnas andra fall, der så är förhållandet. Dit räkna vi sådana, då såret qvarstår en längre tid oförändradt, utan att läkas, då det antager en phagædenisk karakter samt då det åtföljes af ljumskkörtelansvällningar. Af första slaget hafva till oss ankommit 3 fall, der såren qvarstått 7—12 veckor. 2—4 veckors svettdrifvande bad i förening med kalla åstadkommo här läkning. Är pat. anæmisk eller tuberkulös, måste man naturligtvis afstå från, eller med största försigtighet åtminstone begagna de heta baden, samt genom afrifningar, svala duschar o. a. d. söka åstadkomma en lifligare hudverksamhet och derigenom omstämning. Af phagædeniska, mjuka chancrar hafva 2 svårare här blifvit behandlade. I det ena fallet hade hos en anæmisk pat. såret efter 6 veckors behandling gått öfver halfva glans och vid collum så djupt, att läkaren, som skötte pat., fruktade förlusten af glans. Efter 1 veckas behandling med afrifningar om morgnarna, kort ångbad med dusch på e. m. samt jern invärtes hade såret renat och begränsat sig, fylldes nu med friska granulationer samt läktes inom 3 1/2 veckor, visserligen med någon substansförlust, men så att pat. ej deraf hade något men. Det andra fallet, der efter 10 veckors behandling af annan läkare såret å præputium hade en yta af en tums längd och 3/4 tums bredd, läktes efter 4 veckors likartad vattenbehandling. I 2 fall åter af starka ljumskkörtel-ansvällningar hade de försvunnit på 7 och 9 dagar efter användande af protraherade karbad (38°) med kort öfversköljning tvänne gånger om dagen., Ehuru de anförda fallen äro för få, att af dem kunde dragas den slutsats, att samma lyckliga resultater alltid eller ens vanligen vid sådana fall inom lika kort tid vinnas, anföra vi dem dock och låta dem gälla hvad de kunna.

Hvad åter den indurerade chancren vidkommer, så förekommer, så vidt vi kunnat erfara, ej någon uppgift derom, utom hos *Roser*, som säger, att den under vattenbehandling i allmänhet svårt läkes samt ofta alldeles icke, men att derefter ej följa consecutiva symtomer (då den läktes?) samt i D:r *Lagerträds* redogörelse för 1856 och 1857, der det uppgifves, att en qvarstående induration försvann efter vattenbehandling, men ej hur det sedan gick. Äfven vi hafva att framlägga blott ett enda fall af indurerad chancre, som vi efter behandlingens slut en längre tid observerat. Pat., en föröfrigt frisk och starkt bygd man om 25 år, anmälde sig 15 dagar efter infectionen och företedde då ett mindre sår på glans med tydlig induration. Efter föreskrifna starkt svettdrifvande bad läktes såret på tionde dygnet, men bröt åter upp efter 4 dygn och läktes sedan ånyo efter 8 dagar. En lindrig uppdrifning af ljumskkörtlarna uppkom 2 månader efter infectionen, men försvann efter några dagar. Indurationen försvann först på tionde veckan efter badningens början. Pat., som fortsatte behandlingen under sammanlagda 14 veckor, med en eller annan dags hvila, har sedan dess ($2^3/_4$ år) ej haft några consecutiva symtomer. Som han lider af en chronisk halskatarrh och för chancrens skuld fruktat, att den skulle vara af syphilitisk natur, har han flera gånger under denna tid besökt oss. Två andra fall af indurerad chancre läktes efter 14 och 20 dagar, men patienterna afbröto straxt derefter behandlingen, ehuru vi tillstyrkte dess fortsättande. Vi hafva sedan ej hört af dem. — Vi återkomma till trenne pat. hos hvilka redan andra symtomer utbrutit, men indurerade sår qvarstodo och der quicksilfver användes jemte vatten.

Med anledning af det först omtalade fallet, der såret efter några dagar åter bröt upp, torde vi få yttra några ord. I Tyskland isynnerhet hafva hydrotherapeuterne ofta anfört fall, der, efter föregången merkurialbehandling, vid börjad vattenbehandling ärren efter chancrar brutit upp, samt framhållit detta såsom ett bevis, att quicksilfver ej läker syphilis. Motståndarne till vattenkuren åter hafva påstått, att dessa sår berott på ny infection. I synnerhet på hydrotherapeuternas sida har man gjort mycket väsen af detta, som oss synes, för ingenting. Det är ju hvar och en, som något sysselsatt sig med syphilis behandling, bekant, att ärren, efter isynnerhet indurerade chancrar, ofta bryta upp under vanlig behandling[1]), och skulle detta då ej ännu lättare inträffa vid vattenbehandling, der man just söker framkalla en särdeles liflig omsättning i huden och hvarunder så ofta ärr efter fullkomligt innocenta sår uppbryta? Hvad bevisa dessa uppbrytande sår annat, än att den första ärrbildningen varit mindre god, och att naturen under lyckligare yttre omständigheter gör den bättre? Tvenne gånger hafva vi sett ärren efter mjuka

---

· [1]) *Zeissl:* Lehrbuch der constitutionellen Syphilis. Erlangen 1864.

chancrar uppbryta under vattenbehandling. Vi an-
ställde då inoculationer med varet derifrån, men denna
lyckades icke. Till dess inoculationer ur sådana sår
visat chancrar, torde man vara berättigad att antaga,
det båda parterna misstagit sig, den ena då den tillagt
en sak betydenhet, som i och för sig sjelf saknar så-
dan, samt den andra, som förnekat vanliga facta

Vi skulle önskat att kunna anföra resultaterna af
flera med vatten skötta indurerade chancrar, men vi
äro tyvärr dertill icke i tillfälle. Ty dels är lapis-
pennan här allmän i hvar mans hand, dels har man
ej gerna velat underkasta sig en besvärlig vattenbe-
handling, då vi ej kunnat försäkra, att den framgent
skyddar för recidiver.

Af consecutiva symtomer hafva förekommit:

Indolenta Buboner . . . . 4 fall
Plaques muqueuses och sårnader i muncavite-
    ten och svalget . . . . 29 „
Condylomer . . . . 6 „
Roseola . . . . 5 „
Syphilitiska tuberkler . . . . 6 ,.
Andra hudutslag . . . . 5 „
Benaffectioner, (Benvärk, gummata, tophi och
    exostoser) . . . . 7 „
Ulcera på benen . . . . 3 „

Bland syphilis-patienter äro äfven upptagna 15,
som hit anländt för att, efter föregången chancre och
mercurialbehandling, här undergå en sorts profkur.
Hos 6 af dessa hafva, efter stark så väl diaphoretisk
som diuretisk vattenbehandling, inom 4—7 veckor vi-
sat sig consecutiva symtomer, hvarför de blifvit be-

handlade dels med jod, dels med qvicksilfver. 2:ne af dessa ledo af syphilidophobi och för den ene af dem redogöra vi här nedan särskildt.

För att visa den behandling, vi följt, göra vi ur journalen följande korta utdrag.

1) En man, 22 år, af svag constitution, presenterade 9 veckor efter smitta en indurerad chancre af en ärts storlek, roseola samt syphilitiska ulcerationer på högra tonsillen. Pat. har förut ej njutit någon behandling, utan blott sjelf toucherat såret med lapis, klagar dessutom öfver allmän mattighet och febrila känningar då och då. Anæmiska biljud. Ord. afrifning och kort ångbad med öfversköljning. Efter 14 dagar har såret börjat läkas, roseolan är försvunnen, men såren på tonsillen qvarstå. Nu ord. utom baden jodetum hydrargyrosum i stigande från 1 till 3 korn om dagen, tills 50 korn blifvit tagna samt efter 8 dagars uppehåll, ytterligare 48 korn, 3 korn hvarje dag. Under första afdelningen af qvicksilfverkuren läktes såret på penis och tonsillen, indurationen försvann under andra. — Pat. nyttjade sedan en tid blott kalla bad, hvarunder symtomerna af bleksot försvunno. samt fortfor sedan under 18 månader att taga ett hett kar- eller ångbad med afkylning dagligen, hvarunder intet syphilitiskt symtom framträdde. — Frisk sedan badningens slut (9 månader).

2) En man, 24 år, af robust kroppsbyggnad, visade vid ankomsten, 6 veckor efter smitta, en chancre af en ärts storlek, indurerad i botten och kanterna. Roseola. Ingen behandling förut. Ord.: 4—8 glas vatten, afrifning, heta kar- eller ångbad med bassin, samt efter en veckas badning jodet. hydrargyros.

1—3 korn om dagen. Slutade med qvicksilfret, då 50 korn tagits. Roseolan hade försvunnit på 10:de dygnet. Såret läktes straxt derefter, vi ha ej antecknat dagen. Indurationen bortgick alldeles på 8:de veckan, sedan badningen börjat. — Fortfor sedan med badning i 4 veckor. — Inga symtomer under de $2\frac{1}{2}$ år derefter, under hvilka vi varit i tillfälle att observera patienten.

3) En man, 21 år, scrophulös, smittad i Januari, visar den $^{17}/_5$, efter att ej förut hafva varit för sin sjukdom behandlad, 4 st. smärre ulcerationer vid collum glandis, hvaraf 2 med indurerade kanter och botten, platta condylomer rundtomkring anus samt rikliga plaques muqueuses i muncaviteten. Afmagring och mattighet. Ord.: afrifning, kort ångbad med dusch, sittbad (30° i 15 min.)

$^3/_6$ såren i läkning. Condylomerna något minskade.

$^{10}/_6$ såren läkta, krafterna höjda. Ord. utom baden: oxid. hydrargyric. 0,2—0,4 korn om dagen.

$^{16}/_7$ Indurationen försvunnen. Upphör med oxiden. Condylomerna penslas med sublimatlösning.

$^2/_8$ Condylomerna läkta.

$^{16}/_8$ Muncaviteten läkt. — Pat. lemnar den $^{28}/_8$ anstalten, fri från syphilitiska symtomer. Resultatet vidare ej kändt.

4) En scrophulotisk man, som sedan flera år lidit af syphilitiska symtomer och deremot användt en mängd vanliga läkemedel och badkurer, visar vid ankomsten strödda syphilitiska tuberkler i hårfästet samt kring munnen. Chronisk intestinalkatarrh.

$^7/_{10}$ Ord.: afrifning, ångbad med bassin, Cing. nept. om nätterna.

$^{17}/_{10}$ Fortfar med baden. Ord.: Ungu. Hydrarg. k. 50. D:r in 14:plo. S:r. Ett paquet insmörjes hvarje afton med 2 dagars uppehåll efter 7:de smörjningen.

$^{20}/_{10}$ Tuberklerna och rodnaden omkring dem minskade.

$^{30}/_{10}$ Börjande salivation. Upphör med smörjningen. Badningen fortfar.

$^{14}/_{11}$ Fortfar med afrifningar, ångbadet alternerar med hett karbad med bassin. Cing. Nept.

$^{20}/_{11}$ Tuberklerna försvunna. — Fat. fortfar att bada och erhåller på morgonen afrifning, på f. m. ångbad eller karbad eller inpackning med bassin samt på eft. m. källkallt sittbad i 5—15 minuter, Cing. Nept. om nätterna. Härunder förbättrades intestinalkatarrhen äfven, och diarrhéet, hvaraf pat. stundom lidit, uteblef. Slutar bada den $^{23}/_{12}$.

$^8/_1$ Pat., som ej visat sig för oss på någon tid, har derunder erhållit ett erythem på högra låret, samt på det venstra en grupp tuberkler, sittande i en halfcirkel. — Återtager baden och erhåller jodet. hydrargyros. 1—4 korn om dagen.

$^{11}/_1$ Diarrhé. Upphör med baden och joduren. Stillhet och Cing. Nept.

$^{14}/_1$ Diarrhéet upphördt. Erythemet försvunnet. Återtager baden och joduren, som nu väl fördrages.

$^5/_2$ Tuberklerna försvunna. Upphör med joduren. Baden fortforo och pat. fick hvar 3—6 vecka en och annan syphilitisk åkomma, som åter försvann utan annan behandling än bad till medlet af Juni, då hudtuberkler åter började slå upp i hårfästet. Nu föreskrefs åter smörjkur till börjande salivation, hvarunder utslaget försvann. Inga symtomer visade sig sedan till October, då pat. lemnade anstalten. Frisk sedan dess (2 1/2 år).

5) En gosse, 15 år. Pat., som har ett syphilitiskt ulcus å bakre sidan af pharynx af omkring 1 tums diameter, har under ett års tid varit behandlad å härvarande kurhus med åtskilliga medel, hvarunder såret dels minskat, dels åter vidgat sig. Klent och anæmiskt subject. Ord.: hög diet och jern, afrifning, kort ångbad med regndusch. Efter 5 veckors badning hade såret minskat sig till en ärts storlek och ärrbildningen såg ganska god ut, då såret utan någon känd orsak inom några dagar bröt upp till sin förra storlek. Behandlingen slutade nu. Allmänna tillståndet hade betydligt förbättrats.

6) En medelålders man. Rupia syphilitica. Förut behandlad med qvicksilfver. Då pat. på hitresan förkylde sig och utslaget genast efter framkomsten starkt tilltog, föreskrefvo vi, sedan några varma karbad blifvit tagna, en smörjkur under sängliggande till börjande salivation, hvarunder utslaget minskades och såren, som betäcktes med vattencompresser, förbättrade sig. Efter slutad smörjkur föreskrefs öfversköljningar och korta regnduschar om morgnarna samt karbad 36°—38° med öfversköljningar om aftnarna. Under denna behandling stärktes pat:s krafter, som vid hitkomsten, till följe af flera månaders inneliggande och qvicksilfverkurer, voro särdeles nedsatta, såren började läka sig och ärren blekna. Då pat. ej kunde stanna mer än en kortare tid, anhöll han enständigt att erhålla ännu en smörjkur och fick äfven, 4 veckor efter

efter den förra, smörjningar 6 aftnar å rad, hvarefter han åter badade i 3:ne veckor och afreste derefter hem, frisk, som han sjelf trodde. Recidiv genast efter hemkomsten.

7) En man, 30 år. Rupia syphilitica. Efter $1\frac{1}{2}$ års tids syphilitiska lidanden af olika slag och mercurialkurer fick pat. Rupia, för hvilken han åter erhöll en mercurialkur. Vid pat:s ankomst till badinrättningen, qvarstodo en mängd sår i synnerhet på anticrura samt omkring fotlederna, och pat. var dessutom särdeles afmagrad och kraftlös. Pat. erhöll öfversköljningar, svaga regnduschar 20^0—7^0, och karbad 36^0—38^0 med kalla öfversköljningar (afrifningar och ångbad kunna här ej användas, såsom allt för hudretande). Under de 4 månader, pat. här stannade, förbättrades det allmänna tillståndet, en och annan blåsa slog upp först i början af kuren och utvecklades på vanligt sätt, men mot slutet af kuren inträffade sådant icke vidare. De gamla såren läktes och ärren bleknade så betydligt, att de vid afresan voro nästan försvunna. Under de första karbaden infann sig vanligen stark slemafsöndring från munnen, och den specifika mercuriallukten kändes ganska tydligt, men detta försvann äfven under kurens lopp. Fortfarande helsa (8 månader efter slutad kur).

8) En man, 29 år, som haft chancre 4 år före hitkomsten, har sedan dess haft mångahanda syphilitiska affectioner och derunder tagit 300 qvicksilfveroxid-piller om $\frac{1}{8}$ gran, fördelade i åtskilliga repriser, genomgått 5 zittmanskurer, 2 rök- och 2 smörjkurer samt dessutom 4 månaders vattenkur med dertill hörande smörjkur, druckit sassapariljdecoct i stora mas-

sor och tagit jodkalium, då han ej haft någon annan medicin, utan att af någondera bland dessa medel hafva haft mera än en öfvergående nytta. $^{17}/_4$ Vid ankomsten hit var pat. särdeles afmagrad och kraftlös föll vid minsta rörelse i stark svettning samt saknade all matlust. Å tungspetsen var ett sår $^1/_2$ tum stort med sargade kanter, men rent; å högra tibia voro tvänne gummata af omkring en valnöts storlek, det ena med normal, det andra med livid öfverhud (båda började för omkring 4 månader sedan). Å framsidan af venstra anticrus funnos 3 ovala sår af 2—5 tums längsta diam. med underminerade, sargade kanter. Det nedersta såret sträckte sig öfver fotleden ned på dorsum pedis. Nedanför inre venstra fotknölen fanns ett sår af omkring 1 tums längd. Allesammans afsöndrade ett tunnt, ichoröst var. Såren voro starkt värkande, isynnerhet om nätterna. Ord.: afrifningar, karbad 36^0—38^0 med öfversköljningar, protraherade, ljumma ben- och fotbad. Såren förbundos med charpie, doppadt i vatten. Då emellertid detta ej fördrogs, försökte vi med åtskilliga salfvor och plåster, bland annat, vi erkänna det, med empl. hydrargyri, allt med lika liten framgång, tills vi den $^{13}/_5$ i vanlig matolja funno ett medel, som ej plågade pat. Hans allmänna tillstånd började förbättras, aptiten återkom, svetten försvann och såret å tungan läktes i slutet af Maj. Ändtligen i medlet af Juni antogo såren en bättre karakter och gummata på tibia började lägga sig. Vi läto nu patienten alternera med karbad och inpackningar i filt (med bibehållet oljecharpie på såren). Såren läktes först jultiden, hvarefter pat. fick afrifningar, karbad alternerande med inpackningar med bassin, samt dusch på eft.m. 14 månader efter badningens början afreste pat. återställd och har nu i $2^3/_4$ år varit frisk.

9) En man, 25 år. Pat., som sedan barndomen varit sjuklig, har isynnerhet på sednare åren lidit af en mängd nervsymtomer, såsom allmän trötthet, tyngd öfver hjessan, hufvudvärk, svindel, ryckningar i hufvudsvålen, knäppningar här och der i hufvudet m. m., hjertklappning samt någon andtäppa om nätterna. Sedan pat. härför nyttjat en mängd medel, har han nu beslutat begagna vattenkur, sedan han kommit underfund med, att han lider af tabes dorsalis. — Vid undersökning af ryggraden finna vi ingen ömhet, äfven vid starkaste tryck med heta svampar. Bukens och bröstets viscera förete utom en lindrig hjerthypertrophi intet abnormt. Bedja vi pat. gå med slutna ögonlock öfver golfvet, så invänder han, att "det är omöjligt, emedan golfvet undulerar", men gör dock försöket, hvilket äfven lyckas, ehuru gången är något slingrande. På ytterligare förfrågan erkänner pat., att han för ett år sedan haft en indurerad chancre och derför nyttjat 3:ne sublimatkurer och sedan på eget beväg en stor mängd jodkalium, samt att han nu kommit underfund med, att "chancren slagit sig på ryggmärgen och alstrat tabes dorsalis", hvars alla symtomer, tillökade med en och annan, han känner till punkt och pricka. — Att raisonnera tjenade till intet och då pat. var af särdeles klen kroppsconstitution, ansågo vi, att åtminstone för den sednare vattenbehandlingen kunde vara af nytta. Vi föreskrefvo således afrifningar, halfbad 20^0—16^0 i 5—10 minuter, samt på patientens egen uttryckliga begäran packning i filt med

9

bassin, dock under tillsägelse, att han vid känsla af ångest eller hjertklappning måste stiga upp ur packningen. — Han fann sig särdeles väl af alla dessa bad och öfvade sig, när ingen såg honom, att gå då och då med slutna ögonlock, hvari han lyckades allt bättre dag för dag, oaktadt en och annan törn mot trädstammarna. Efter omkring 3 veckor kom den särdeles intelligenta pat. och underrättade mig, att nu blefve det nog bra, ty nu hade han fått en kris, det ville denna gången säga, att han svettats blå svett. Då han härvid pekade på sin nattkappa och halskrage, som voro ganska lifligt blåfärgade, kunde vi naturligtvis ej neka, utan bådo honom blott taga af sig, så att vi fingo se den öfriga delen af linnet, dit den "kritiska svetten" dock ej hade spridt sig, ehuru det var helt och hållet genomvått. Denna "blåa kritiska svett" fortfor nu i 3—4 dagar, nämligen der linnet var stärkt och försvann sedan. På vår allvarliga begäran, att få veta, om ej pat. i smyg begagnat jodkalium under vattenkuren, förklarade han högtidligt, att han ej smakat sådant, sedan 2 månader före vattenbehandlingens början. Emellertid förbättrades pat. nu hastigt och reste sin väg 4 veckor derefter, "så bra som han ej varit på många år". Fallet torde hafva sitt intresse dels såsom exempel på ett sinnestillstånd, som understundom efterföljer syphilis, dels för den "kritiska blåa svetten".

Ehuru kort och ofullständigt ofvanstående sjukdomsberättelser måst redigeras, då vi ej ansett oss berättigade framställa dem så, att patienterna lätt kunnat igenkännas och derigenom förorsakas obehag, torde de dock utvisa vår behandling, som för de öfriga fallen varit likartad.

Sammanföra vi resultaterna af behandlingen vid vår vattenkuranstalt af chancre och syphilis, så visa de sig vara följande:

1) Vid den mjuka chancren har vattenbehandlingen i allmänhet påskyndat läkningen, samt särskildt gagnat, om såren en längre tid qvarstått indolenta eller varit phagædeniska;

2) af indurerad chancre utan vidare symtomer har här blott ett fall förekommit, som läkts under endast vattenbehandling, samt sedan ej under $2^3/_4$ år efterföljts af några consecutiva symtomer;

3) hos patienter, som hit ankommit dels med läkt, dels med icke läkt indurerad chancre, åtföljd af consecutiva symtomer, vare sig att dessa pat. före hitkomsten genomgått mercurialkur eller icke, har visserligen understundom den indurerade chancren läkts, indurationen och roseolan försvunnit endast genom vattenbehandling. Dock hafva så väl oftast dessa symtomer, som alltid de öfriga behöft behandlas både med quicksilfver och vatten under en längre tid för att öfvergå till fullkomlig helsa. Härunder hafva än det ena, än det andra symtomet brutit fram ånyo, för att blifva successive bekämpade. Hafva under sju veckors fortfarande vattenbehandling, sedan det sista symtomet af sjukdomen försvunnit, intet symtom åter visat sig, så hafva vi ej observerat något återfall.

4) Der skäl funnits att antaga, att sjukdomen vore en complication af syphilis och mercurialism, har helsa inträdt efter blott vattenbehandling — samt

5) Af 15 fall, vid hvilka, efter föregången mer-. curialbehandling, såsom efterkur här begagnats vatten- behandling, hafva 6 derunder visat syphilitiska symtomer.

Dessa resultater öfverensstämma till en del med dem, som vunnits vid Aachener-thermerna och såsom de framställas i det sednaste arbete, vi derom ega[1]). Betänka vi, att de Svenska vattenkuranstalterna äro så ordnade, att de ej blott lemna tillfälle till inpackningar, utan äfven till alla de vattenbadformer, som vid thermer erbjuda sig, torde det ej förefalla så underligt. Vi vilja ej förneka Aachener-thermernas specifika verkan; det är möjligt, att de ega en sådan på ämnesomsättningen (att de ej ega någon specifik verkan mot syphilis, erkänna läkarne derstädes). Huruvida dock denna vid Aachener-bad är större eller mindre än vid motsvarande bad af vanligt källvatten, är säkrast att lemna oafgjordt, tills vi få se comparativa experimenter afgöra saken. Hvilka öfverraskande resultater sådana visa, kan ses af *Lehmans* undersökning af Oeynhausen (Rehme) [2]). Oeynhausen är såsom bekant en Soolkälla af 26°,5 R. med stark kolsyrehalt och 256 gran Chlornatrium på 16 uns, samt känd såsom ett af de ämnesomsättningen mest ökande bad. *Lehman* kom efter talrika och yt-

---

[1]) Beiträge zur Pathologie und Therapie der constitutionellen Syphilis, nach Erfahrungen bei den Aachener Thermalcur von D:r *Alex. Reumont.* Erlangen 1864.

[2]) Die Sooltherme zu Bad Oeynhausen und die gewöhnlichen Wässer. Eine chemisch-physiologische Untersuchung zur Anbahnung einer vergleichenden Balneologie von D:r *L. Lehman.* Göttingen 1856.

terst noggranna, på olika individer anställda experimenter till följande resultater: nämnda bad

1) öka ämnesomsättningen dock ej så mycket, som bad af vanligt källvatten af samma temperatur;

2) föröka hos somliga, förminska hos andra diuresen,

3) föröka hos alla diaphoresen.

Huruvida de pat., som, utan att derunder recidivera, begagnat vattenbehandling, kunna anse sig fria från syphilis, är en sak, som vår erfarenhet är alldeles för liten att afgöra. Finge vi döma af de fall, som en längre tid varit här under behandling, och der symtomer alltid framträdt inom 7 veckor, tills de slutligen totalt upphört, och som vi sedan kunnat följa, skulle vi anse oss till en viss grad berättigade att antaga det. Skulle sådana profpatienter vidare hitkomma, är det dock skäl, att de ställa sig så, att de i fall af behof kunna stanna längre tid, emedan, om symtomer utbryta efter 3—4 veckor, den enda vinsten af deras hitresa, i fall de då ej kunna stanna, är kunskap om deras fortfarande syphilis.

Till slut tillägga vi några ord om kurens långvarighet. Det har länge varit så vanligt, att tala om årslånga vattenkurer i syphilis, att allmänheten tror, att dessa långvariga kurer äro egendomliga för vattenkuren och ej alltid nödvändiga eller ens vanliga mot syphilis. Hvarje syphilidologi upplyser ju dock, att åratal behöfvas i allmänhet för att bekämpa syphilis. Betänker man då, att till vattenkurerna sändas vanligen de patienter, som förut trotsat annan behandling och de patienter, som, utom med syphi-

lis, vanligen äro behäftade med något annat djupt
lidande, så inser hvar och en lätt, att kuren måste
blifva lång, isynnerhet då man här vill bekämpa ej
blott symtomet, utan sjelfva sjukdomen.

Dröppel. Af de 19 fall, som varit här inskrifna,
hafva 9 varit acuta, samt 10 chroniska (s. k. slapp-
dröpplar). Mot de acuta hafva vi användt i det in-
flammatoriska stadiet ymnig vattendrickning, heta kar-
bad med kort, kall öfversköljning, samt varma sitt-
bad. Under dessa bads användande försvinna de in-
flammatoriska symtomerna på 2—3 dagar och en
ymnig katarrhalisk flytning inträder, mot hvilken vi
med fördel brukat svala och kalla hel- och sittbad.
Hos sju patienter inträdde helsa inom 10—15 dagar.
Två af dessa hade vid anmälningen starka körtel-
svullnader, som försvunno på 2:dra och 6:te dygnet.
Hos de två återstående drog sjukdomen ut på tiden
och botades först på 6 veckor. Båda dessa sednare
fall voro af phlegmonös natur och de inflammatoriska
symtomerna särdeles lifliga, men mildrades dock inom
6—8 dagar. Huruvida köld här skulle gjort hasti-
gare verkan, anse vi oss ej kunna afgöra. *Michaë-
lis* [1]) rekommenderar sittbad 20° allt ifrån sjukdomens
början. Vi hafva ej försökt detta, men betvifla ej
dess välgörande verkan. Hydrotherapeuterna föreslå
torra och våta inpackningar, halfbad, duschar m. m.
Då vi funnit den af oss angifna behandlingen till-
fredsställande, ha vi ej funnit skäl att experimentera,
isynnerhet som enligt uppgift deras behandling ej for-
tare leder till önskadt resultat.

---

[1]) *Michaëlis*, *A. C. J.:* Compendium der Lehre von der Syphi-
lis. Wien 1859.

Af de 10 chroniska sjukdomsfallen, voro 8 complicerade med stricturer i urinröret. I ett af dessa var stricturen så svår, att vi blott med en fin tarmsträng lyckades genomtränga den och efter 3 månaders behandling ej kommo längre än till sonden № 4. Dröppeln upphörde i detta fall, fastän stricturen qvarstod. I ett annat fall, som varat i 4 år, under hvilka pat. tagit en oerhörd mängd cubeber och copaivabalsam och användt insprutningar med olika lösningar, men aldrig varit sonderad, lyckades vi så vidga stricturen, i hvilken vi först med möda kunde införa sonden № 2, att sonden № 10 lätt infördes; men vid behandlingens slut fortfor "goutte militaire" och vek ej heller nu för nyssnämnda invärtes medel. Hos de 6 andra inträdde fullständig helsa. Behandlingen bestod af sondering, varma karbad med kall öfversköljning eller dusch samt långa (15—60 min.), varma sittbad, så länge sonderingen pågick, samt, sedan detsamma ej mer behöfdes, kalla allmänna bad, duschar med uppdusch (i perinæum) och sittbad. Att varma bad i och för sig likaså litet som cubeber och copaivabalsam häfva organiska stricturer är lätt att inse. Kändt är deremot, att varma bad betydligt underlätta sonderingen. De 2 patienter, som ledo af slappdröppel utan strictur, blefvo friska efter 2 och 4 veckors behandling med kalla bad.

De flesta hydrotherapeuter uppgifva dusch på korsryggen såsom nästan ett specificum mot chronisk gonorrhé. Vi hafva dock ej sett någon särskild verkan deraf, men väl af dusch i perinæum, som äfven förordas af *Scharlau* m. fl. Det är en känd sak, att slappdröpplar utan strictur understundom försvinna under begagnandet af vanliga svala flod- och sjöbad, och torde det lätt förklaras genom den höjning af den allmänna vitaliteten och således äfven slemhinnornas, som af dessa åstadkommes.

Dröppel - Rheumatism. *Scharlau* [1]) har vid behandling af nämnda sjukdom rekommenderat allmänna våta inpackningar, kylande omslag samt framförallt stråldusch $7^0,5$ Reaum. af 2 atmosphærers tryck på den lidande leden, sedan inflammationen är förbi samt blott svullnad, styfhet och oförmåga af rörelse qvarstå. — Ehuru mycket vi för öfrigt respectera nämnda författare, hafva vi dock i denna sjukdoms behandling en annan erfarenhet än han. Hvad nu först duscharnas temperatur vidkommer, så frågas, hvarför just den ofvannämnda temperaturen alltid bör iakttagas? Månne ej vatten af 5^0—10^0 Reaum. äfven kan användas, eller åtminstone af $7,4^0$ eller $7,6^0$ Reaum.? Vi hafva ej kunnat finna af författaren angifven någon annan orsak, än att den källa, hvarifrån han hemtar vatten till sin vattenkuranstalt, har denna temperatur. Hvad åter vidkommer stråldusch af 2 atmosphærers tryck d. v. s. af omkring 42 ℔ tryck på qvadrattummen, så erkänna vi gerna, att dess verkan måtte vara heroisk, om nämligen patienter finnas, som kunna mottaga den. Den starkaste dusch, vi hafva till vårt förfogande, har en fallhöjd af blott 34 fot (således omkring en atmosphærs tryck) och dock hafva vi funnit många patienter, som ej kunnat använda den. Allraminst skulle vi kunnat föreskrifva den i

[1]) Klinische Mittheilungen aus dem Gebiete der Wasserheilkunde von *G. W. Scharlau*. Berlin 1857.

ifrågavarande sjukdom, der utom svullnad och styfhet en betydlig ömhet nästan alltid qvarstår efter det inflammatoriska stadiets slut. Deremot hafva vi funnit duschar af lägre fallhöjd lämpliga såsom befordrande resorption af qvarstående exsudater och derigenom ökande rörligheten i leden. Hvad åter de kylande omslagen vidkommer, så erkänna vi, att de understundom i sjukdomens början göra en utmärkt nytta, men ibland fördragas de ej, och i sådant fall hafva värmande omslag visat sig välgörande. (För öfrigt är det icke ensamt vid smärta i dröppelrheumatism, denna olikhet visar sig, utan äfven vid smärtor i flera andra sjukdomar, utan att vi på förhand anse oss kunna nu bestämma i ett enskildt fall, hvilketdera, kylande eller värmande omslag, bäst gagnar). Har värken upphört, äro de våta, värmande omslagen förvisso mera indicerade än de kylande, emedan de befordra resorptionen. De våta inpackningarna hafva vi äfven försökt använda, men afstått derifrån, då vi ej kunnat förmå patienterna, att deri dröja någon längre tid. Patienterna lida nämligen vid denna sjukdom i hög grad af den bundna ställning, hvari de genom inpackningarna försättas; ja äfven den minst generade ställning framkallar dervid hos dem en olidlig oro. I stället hafva vi i de acuta fallen användt heta vattenbad med 20° öfversköljning, vattenomslag på den sjuka ledgången och morphin till natten. Under denna behandling hafva de inflammatoriska symtomerna snart upphört. Vid den derefter qvarstående svullnaden, orörligheten och ömheten, samt den understundom sig bibehållande smärtan eller då vi först i detta stadium till behandling emottagit patienterna, hafva vi användt

10

aftifningar, heta vatten- och ångbad med sval afkyl-
ning, varma omslag och lokalbad för de lidande de-
larna, samt sedan symtomerna ytterligare förmin-
drats, samma bad med tillägg af kalla duschar. Un-
der denna behandling har förbättring snart inträdt
och de sjuka vanligen efter 3—4 veckor kunnat lägga
bort kryckor eller käppar samt efter 7—12 veckor
lemna anstalten fullt återställda. Hos en pat. qvar-
stod någon svullnad och ömhet, då han reste här-
ifrån. Såsom anmärkningsvärdt nämna vi, att af de
5 här sednast behandlade fallen af denna sjukdom,
albuminuri förekommit hos 4, utan att patienterna
företett några vidare symtomer af njurlidande. Al-
buminurien försvann först med återinträdande helsa.

Upsala i Mars 1865.

Summarisk öfversigt af sjukdomar, behandlade vid

	Tillfrisknade	Förbättrade	Oförbättrade	Döde	Summa anmälde
1. Folksjukdomar.					
Frossa	24	2	1		27
2. Konstitutionella sjukdomar.					
Skrofelsjukdom	1	3			4
Lungsot	3	8	2	1	14
Bleksot och Blodbrist	44	31	3		78
Gikt	6	32	1		39
3. Förgiftnings-sjukdomar.					
Kronisk alkoholssjukdom	2	1	1		4
— quicksilfverförgiftning . . .	4				4
Chancre och Syphilis	61	7	2		70
Dröppel	17	1	1		19
Dröppel-Rheumatism	8	1			9
4. Lokala sjukdomar.					
a) Sjukdomar i hjerna, ryggmärg och nervsystem.					
Kongestioner till hjernan	3	1			4
Kronisk inflammation i ryggmärgens hinnor	1		1		2
Stelkramp	1	1			2
Hjernskakning		2			2
Fallandesot		3			3
Convulsioner	9	5			14
Nervsmärta	7	7	3		17
Lamhet	7	7	2		16
Allmän nervsvaghet	42	10	3		55
Ryggmärgsretning	12	7			19
Hysteri	6	4			10
Hypochondri	5	13	8		26
b) Sjukdomar i sinnesorganerna.					
Kronisk katarrh i Tuba Eustachii .	1	1			2

Upsala Vattenkuranstalt under åren 1860—1864.

	Tillfrisknade	Förbättrade	Oförbättrade	Döde	Summa anmälde
c) *Sjukdomar i andedrägtsorganerna.*					
Kronisk katarrh i struphufvudet . .	1	1			2
Kronisk katarrh i luftrören	10	1			11
Bröstkramp		3			3
d) *Sjukdomar i matsmältningsorganerna.*					
Kronisk magkatarrh	22	12	1		35
Kroniskt diarrhé	6	5	2		13
Abdominal Plethora	11	8	1		20
e) *Sjukdomar i urin- och fortplant-*					
ningsorganerna.					
Ägghvitesjukdomar	4	3			7
Stenpassion		2			2
Katarrh i urinblåsan	1				1
Sädesflytning	4				4
Pollutioner	4				4
Kronisk Lifmoderkatarrh	9	3	1		13
Kronisk Lifmoderinflammation . . .	16	4	2		22
D:o d:o med kronisk in-					
flammation i äggstockarna . . .		2			2
Plågsam, alltför ymnig rening . . .	9	4	1		14
Uteblifven rening	2		1		3
Hvit fluss	2		1		3
f) *Sjukdomar i rörelseorganerna.*					
Kronisk Rheumatism	89	33	3		125
Muskelförtvining		1			1
Ledgångsinflammationer	1	9	1		11
Utslagssjukdomar	4	1			5
Convalescenter efter åtskilliga sjuk-					
domar	15				15
Utan uppgifven sjukdom					11

Förklaring till planritningen öfver Upsala vattenkuranstalt.

a. Allmän förstuga.

b. Tambour.

c. Corridor.

d. d. Afklädningsrum.

e. Karbadsrum.

f. Varmluftsbad.

g. Ångbadsrum.

h. Rum för afrifningar.

i. Bassin.

k. Dusch.

l. Inpackningsrum.

m. m. Sittbadsrum.

n. Maschinrum.

o. Läkarens rum.

p. Trappa till öfre våningen.

q. Sällskapsrum.

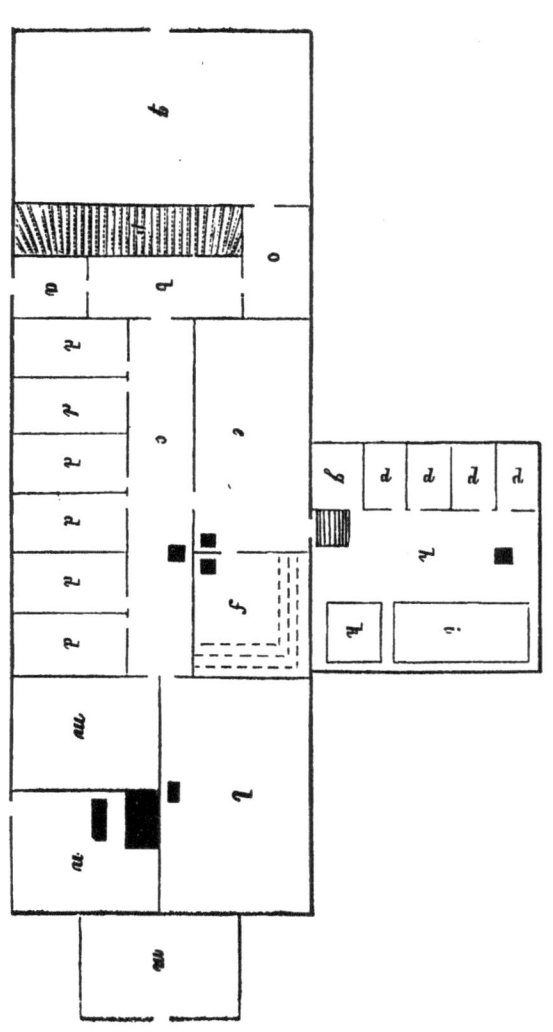